我是朗读者

第二辑 古代词卷

 汉唐书局经典诵读文库

总主编 顾之川

执行总主编 耿建华

山东城市出版传媒集团·济南出版社

图书在版编目（CIP）数据

我是朗读者.古代词卷/孙奇编著.-- 济南：济南出版社，2017.12
ISBN 978-7-5488-2792-4

Ⅰ.①我… Ⅱ.①孙… Ⅲ.①词(文学)—诗歌欣赏—中国—古代 Ⅳ.①I106

中国版本图书馆CIP数据核字(2017)第227363号

出 版 人	崔 刚
丛书策划	冀瑞雪
责任编辑	冀瑞雪 冀春雨
装帧设计	李海峰

出版发行	济南出版社
地　　址	济南市二环南路1号
编辑热线	0531-86131747（编辑室）
发行热线	82709072　86131747　86131729
	86131728（发行部）
印　　刷	山东新华印刷厂潍坊厂
版　　次	2018年8月第1版
印　　次	2018年8月第1次
成品尺寸	150mm×230 mm　16开
印　　张	8
字　　数	80千
印　　数	1—10000册
定　　价	28.00元

（济南版图书，如有印装错误，请与出版社联系调换。联系电话：0531-86131736）

总序言

顾之川

"推动全民阅读,构建书香社会"日益成为我国文化发展战略的重要组成部分,对于培育和践行社会主义核心价值观,提高国民思想道德素质和科学文化素质,建设社会主义文化强国,实现中华民族伟大复兴的中国梦具有重要意义。2017年《政府工作报告》中提出"大力推动全民阅读",国务院法制办随即发布《全民阅读促进条例(征求意见稿)》,指出国家将采取措施,支持和引导促进未成年人健康成长相关作品的创作出版。全民阅读的基础在校园,构建书香社会首先就是要构建书香校园。为此,山东城市出版传媒集团·济南出版社·汉唐书局策划了这套《我是朗读者》丛书,邀请一批高水平的语文教育专家精心结撰。该丛书现已初具规模,一至九年级上册已出版,一至九年级下册和高中分册即将出版。作为丛书总主编,我闻之则喜,乐为此序。

读书是教育的常识。读书的形式有多种,有精读,有略读;有速读,有浏览;有朗读,有默读等。其中朗读是我国教育的优良传统之一,也是语文学习的一种重要途径。汉语具有很强的韵律感和节奏感,尤其是古代优秀诗文。通过朗读,我们可以与经典对话,与大家交流,感悟语言之美,体会节奏之韵,领略声调之味,品鉴诗文之境,从而积累和丰富语言,感受其艺术魅力,提高理解能力和审美素养。朗读还有助于培养对语言的直觉思维能力,是提高写作水平和口语表达能力的好办法。人们说"功夫靠练,文章靠念"。古人云:"读书百遍,其义自见。""熟读唐诗三百首,不会吟诗也会吟。"《义务教育语文课程标准》(2011年版)指出:"各学段都要重视朗读训练。""要让学生在朗读中通过品味语言,体会作者及其作品中的情感态度,学习用恰当的语气语调朗读,表现自己对作者及其作品情感态度的理解。"这些都说明朗读在语文学习中的重要性。

语文学习关系着一个人的终身发展,社会语文素养的提高关系着国家的软实力和文化自信。对于中小学生来说,提高语文素养的主要途径,一是靠课堂有效教学,二是靠课外大量阅读,三是靠社会生活实践。语文学习不能只靠语文课本。要学好语文,课堂有效教学只是其中的一个方面,还必须伴以课外大量阅读,最好还能参与社会生活实践。无数经验证明,凡是语文学得好的学生,都是具有良好阅读习惯,都是在课外读了大量书的。学生书读得多了,自然会有自己的思考,把自己思考的成果说出来或写出来,就是口语交际和写作。所以,读书、思考和表达都是学好语文不可缺少的重要环节。关键是要引导学生激发阅读兴趣,掌握阅读方法,养成阅读习惯,感受书香魅力,这会让他们受益终生。

这套《我是朗读者》丛书精选适合朗读的古今中外文学经典作品,按照不同文体、时代和国别,分年级编写。本套书共25册,其中,小学和初中分上、下册,共18册,每册按周编排,便于学生有计划、有选择地朗读;高中为单卷本,共7册。这套书对提高广大中小学生的语文素养大有裨益。如果能让朗读伴随成长,成为一种习惯,一种生活方式,用文学的汁液滋润人生,相信一定能够充实自己,濡染身心,滋养情怀,修养人格,增加生命的厚度。

2017年8月27日　序于南京秦淮河畔

目录

第一章 抒情达意

1. 菩萨蛮　　　　李　白 /1
2. 更漏子　　　　温庭筠 /2
3. 望江南　　　　温庭筠 /3
4. 菩萨蛮　　　　温庭筠 /4
5. 好事近　　　　魏夫人 /5
6. 浣溪沙　　　　韦　庄 /6
7. 谒金门　　　　冯延巳 /7
8. 长命女　　　　冯延巳 /8
9. 清平乐　　　　李　煜 /9
10. 蝶恋花　　　　柳　永 /10
11. 蝶恋花　　　　晏　殊 /11
12. 踏莎行　　　　欧阳修 /12
13. 蝶恋花　　　　欧阳修 /13
14. 鹧鸪天　　　　晏几道 /14
15. 蝶恋花　　　　晏几道 /15
16. 临江仙　　　　晏几道 /16

17. 江城子·乙卯正月二十
　　日夜记梦　　苏　轼 /17
18. 卜算子　　　　李之仪 /18
19. 玉楼春　　　　周邦彦 /19
20. 少年游　　　　周邦彦 /20
21. 满庭芳　　　　秦　观 /21
22. 青玉案　　　　贺　铸 /22
23. 半死桐　　　　贺　铸 /23
24. 一剪梅　　　　李清照 /24
25. 忆王孙·春词　李重元 /25
26. 采桑子　　　　吕本中 /26
27. 钗头凤　　　　陆　游 /27
28. 踏莎行　　　　姜　夔 /28
29. 湘春夜月　　　黄孝迈 /29

第二章 言志抒怀

30. 摊破浣溪沙　　李　璟 /30

1

31. 虞美人	李　煜	/31
32. 相见欢	李　煜	/32
33. 相见欢	李　煜	/33
34. 浪淘沙	李　煜	/34
35. 定风波	苏　轼	/35
36. 渔家傲	李清照	/36
37. 武陵春	李清照	/37
38. 声声慢	李清照	/38
39. 卜算子	严　蕊	/39
40. 水龙吟·登建康赏心亭	辛弃疾	/40
41. 摸鱼儿	辛弃疾	/42
42. 祝英台近·晚春	辛弃疾	/43

第三章　闲情逸趣

43. 摊破浣溪沙	李　璟	/44
44. 鹊踏枝	冯延巳	/45
45. 天仙子	张　先	/46
46. 浣溪沙	晏　殊	/47
47. 蝶恋花·春景	苏　轼	/48
48. 临江仙	苏　轼	/49
49. 清平乐	黄庭坚	/50
50. 浣溪沙	秦　观	/51
51. 临江仙	陈与义	/52
52. 如梦令	李清照	/53
53. 如梦令	李清照	/54
54. 丑奴儿·书博山道中壁	辛弃疾	/55
55. 风入松	俞国宝	/56
56. 霜天晓角	蒋　捷	/57
57. 虞美人·听雨	蒋　捷	/58

第四章　山水田园

58. 渔歌子	张志和	/59
59. 忆江南二首	白居易	/60

60. 菩萨蛮　　　　　韦　庄 /61
61. 浣溪沙　　　　　苏　轼 /62
62. 好事近·渔父词　朱敦儒 /63
63. 鹧鸪天·西都作　朱敦儒 /64
64. 西江月·夜行黄沙道中
　　　　　　　　　辛弃疾 /65
65. 清平乐·村居　　辛弃疾 /66

第五章　边塞爱国

66. 渔家傲·秋思　　范仲淹 /67
67. 江城子·密州出猎
　　　　　　　　　苏　轼 /68
68. 满江红　　　　　岳　飞 /69
69. 贺新郎·送胡邦衡待制
　　　　　　　　　张元幹 /70
70. 鹧鸪天　　　　　辛弃疾 /72
71. 破阵子　　　　　辛弃疾 /73
72. 水调歌头　　　　陈　亮 /74
73. 玉楼春·戏呈林节推乡兄
　　　　　　　　　刘克庄 /75
74. 酹江月·和　　　文天祥 /76

第六章　咏物写意

75. 水龙吟　　　　　苏　轼 /77
76. 卜算子　　　　　苏　轼 /78
77. 鹊桥仙　　　　　秦　观 /79
78. 卜算子·咏梅　　陆　游 /80
79. 齐天乐　　　　　姜　夔 /81
80. 暗　香　　　　　姜　夔 /83
81. 疏　影　　　　　姜　夔 /84
82. 双双燕·咏燕　　史达祖 /85
83. 绮罗香·春雨　　史达祖 /86
84. 清平乐　　　　　刘克庄 /87

第七章　时令节序

85. 生查子　　　　　欧阳修 /88

86. 水调歌头	苏 轼 /89
87. 醉花阴	李清照 /90
88. 永遇乐	李清照 /91
89. 念奴娇·过洞庭	张孝祥 /92
90. 青玉案·元夕	辛弃疾 /93
91. 风入松	吴文英 /94

第八章 羁旅送别

92. 菩萨蛮	韦 庄 /95
93. 浣溪沙	孙光宪 /96
94. 苏幕遮·怀旧	范仲淹 /97
95. 雨霖铃	柳 永 /98
96. 八声甘州	柳 永 /99
97. 卜算子·送鲍浩然之浙东	王 观 /100
98. 踏莎行	秦 观 /101
99. 苏幕遮	周邦彦 /102
100. 蝶恋花	周邦彦 /103
101. 唐多令·惜别	吴文英 /104

102. 一剪梅·船过吴江	蒋 捷 /105

第九章 怀古咏史

103. 忆秦娥	李 白 /106
104. 念奴娇·赤壁怀古	苏 轼 /107
105. 桂枝香·金陵怀古	王安石 /108
106. 扬州慢	姜 夔 /109
107. 点绛唇·丁未冬过吴松作	姜 夔 /111
108. 永遇乐·京口北固亭怀古	辛弃疾 /112
109. 南乡子·登京口北固亭有怀	辛弃疾 /113
110. 八声甘州	吴文英 /114

附录：朗读资料卡 /115

1. 菩萨蛮

〔唐〕李 白

平林漠漠烟如织,寒山一带伤心碧。暝色入高楼,有人楼上愁。

玉阶空伫立,宿鸟归飞急。何处是归程?长亭更短亭。

◎ 伴我朗读

①漠漠:平远广漠。②暝色:暮色。③玉阶:阶梯的美称。④宿鸟:归巢的鸟。

平林广漠,炊烟如织,寒山周边蒙着一层伤感的绿色。一抹暮色升起映入高楼,但见楼上之人遥望,凝思含愁。

玉阶上孤单地伫立许久,望鸟儿急急飞归宿巢。可哪里是我回家的路啊?只见远方无数长亭连着短亭。

2. 更漏子

〔唐〕温庭筠

玉炉香,红蜡泪,偏照画堂秋思。眉翠薄,鬓云残,夜长衾枕寒。

梧桐树,三更雨,不道离情正苦。一叶叶,一声声,空阶滴到明。

◎ 伴我朗读

①偏:正。②秋思:秋天的愁绪。③眉翠:翠眉。古代女人以翠黛画眉。④衾(qīn):被子。⑤不道:不解,不懂。

玉炉中香烟袅袅,红烛替人垂泪,烛光正照着画堂中满怀秋愁的佳人。她眉的黛色已浅了,鬓发有些散乱,即使盖着锦被也感到长夜漫漫,寒意袭人。

三更雨下个不停,梧桐树传来沙沙的响声,也不懂离人愁苦的心情。一叶叶,一声声,雨滴在空阶上,一直到天明。

3. 望江南

〔唐〕温庭筠

梳洗罢,独倚望江楼。过尽千帆皆不是,斜晖脉脉水悠悠,肠断白蘋洲。

◎ 伴我朗读

①脉脉:含情貌。②蘋(pín):水草,浮于水,夏秋开小白花。③洲:水中的小块陆地。

梳洗过后,独自倚在可以望见江水的楼头。不知过去了多少艘帆船,都不是心上人归来的小船。余晖脉脉,江水悠悠,忽看到当初二人离别的白蘋洲,不禁伤心断肠。

4. 菩萨蛮

〔唐〕温庭筠

小山重叠金明灭,鬓云欲度香腮雪。懒起画蛾眉,弄妆梳洗迟。

照花前后镜,花面交相映。新帖绣罗襦,双双金鹧鸪。

◎ 伴我朗读

①小山：眉妆之名目，晚唐五代，此样盛行，指眉如远山。②金：指唐时妇女眉际妆饰之"额黄"。③鬓云：鬓发如云。④度：覆盖，形容鬓角延伸向脸颊。⑤雪：指皮肤洁白莹润。⑥弄妆：梳妆打扮。⑦罗襦：丝绸短袄。⑧鹧鸪：这里指装饰的图案。

闺中少女睡得正稳，她的鬓发已散乱，覆盖了脸颊，眉如远山，额黄时隐时现；鬓发如云，香腮似雪。慵懒睡起，把眉儿画得细长，梳洗迟迟，细细理好晨妆。

用前后的镜子仔细端详，镜子里头插的花儿与面容交相辉映。锦绣短袄上新绣着美丽图案，那是金线织的鹧鸪鸟成对成双。

5. 好事近

〔宋〕魏夫人

雨后晓寒轻,花外早莺啼歇。愁听隔溪残漏,正一声凄咽。

不堪西望去程赊,离肠万回结。不似海棠阴下,按《凉州》时节。

◎ 伴我朗读

夜雨过后,清晨的空气中仍然略带寒意,早起的黄莺儿在花间啼唱,又停止。天刚破晓,"我"起身独坐,隔溪传来夜尽的更鼓声,像一声声凄苦的哀咽。亲人西去,迢迢千里,我愁肠百结,不敢注目他西去的路。再也不是那时曾坐海棠花下,如今只能独听《凉州曲》。

6. 浣溪沙

〔唐〕韦 庄

夜夜相思更漏残,伤心明月凭阑干,想君思我锦衾寒。咫尺画堂深似海,忆来惟把旧书看,几时携手入长安?

◎ 伴我朗读

①锦衾:丝绸被子。②咫尺:比喻距离很近。③画堂:有彩绘的殿堂,泛指华丽的堂舍。

每个夜晚,我都处在深深的思念之中,一直到夜深人静,漏断更残,久久地凝望那一轮伤心的明月,独自凭栏,想必你也会关心我夜深锦被有些寒冷吧。

画堂近在咫尺却像隔着海一样深远,回忆起来只能把旧信看了又看,几时才能携手共入长安?

7. 谒金门

〔南唐〕冯延巳

风乍起,吹皱一池春水。闲引鸳鸯芳径里,手挼红杏蕊。

斗鸭阑干独倚,碧玉搔头斜坠。终日望君君不至,举头闻鹊喜。

◎ 伴我朗读

①挼(ruó):揉搓。②碧玉搔头:玉簪。

风儿忽然起舞,吹起一池春水涟涟。悠闲逗引着鸳鸯穿梭于花丛遍布的小路上,手里不时轻揉着红杏的芯蕊。

独倚在雕画着斗鸭的栏杆旁,碧玉簪盘着头发,轻斜摇坠。每日遥望期盼,却终不见君归来,忽抬头听闻喜鹊声声,心生欢喜。

8. 长命女

〔南唐〕冯延巳

春日宴,绿酒一杯歌一遍。再拜陈三愿:

一愿郎君千岁,二愿妾身长健,三愿如同梁上燕,岁岁长相见。

◉ 伴我朗读

绿酒:古时米酒酿成未滤时,面浮米渣,呈淡绿色,故名。

风和日丽的春天,摆起丰盛的酒宴,喝一杯美酒唱一曲歌。拜了又拜许下三个愿望:一愿他长命百岁,二愿我身体健康,三愿我们如同梁上燕子,岁岁相见,白头到老。

9. 清平乐

〔南唐〕李 煜

别来春半,触目愁肠断。砌下落梅如雪乱,拂了一身还满。

雁来音信无凭,路遥归梦难成。离恨恰如春草,更行更远还生。

◎ 伴我朗读

砌:台阶。

分别以来,春天又过了一半,看到什么都让人感伤肠断。台阶下的梅花飘飞纷纷如雪,刚把它拂去又落满了一身。

鸿雁飞回没有带来音信,路途遥远连做一个归家的梦也难成。离愁别恨正似春天新生的小草,无边无际延伸到无限的远方。

10. 蝶恋花

〔宋〕柳 永

伫倚危楼风细细，望极春愁，黯黯生天际。草色烟光残照里，无言谁会凭阑意。

拟把疏狂图一醉，对酒当歌，强乐还无味。衣带渐宽终不悔，为伊消得人憔悴。

◎ 伴我朗读

①伫：久立。②黯黯：忧伤的样子。③疏狂：傲慢狂放。

独立高楼风儿细细，纵目远望，一片春愁弥漫天际。青青草色映带着残阳的余晖，含着如烟的忧愁。有谁能理解我此时无言凭栏的心意？

也想尽情放纵换取痛快的一醉，对酒当歌时，却觉得勉强欢颜终是索然无味。为了心中的那个人，即使日渐消瘦面色憔悴，我也无怨无悔。

11. 蝶恋花

〔宋〕晏 殊

槛菊愁烟兰泣露,罗幕轻寒,燕子双飞去。明月不谙离恨苦,斜光到晓穿朱户。

昨夜西风凋碧树,独上高楼,望尽天涯路。欲寄彩笺兼尺素,山长水阔知何处!

◎ 伴我朗读

①槛(jiàn):栏杆。②罗幕:丝罗的帷幕。③谙(ān):熟悉。④彩笺:彩色的信笺。⑤尺素:书信的代称。

栏杆旁,菊花弥漫着愁绪,兰花含着泪珠。新秋清晨,丝罗的帷幕间荡漾着一缕清寒,燕子双双飞来飞去。明月不知离别相思之苦,斜斜的银辉直到破晓还照着绮窗里不眠的人。

昨夜秋风凋零了绿树,清晨我独上高楼,望穿秋水,想看到天涯尽头。愿把心事写在彩笺上寄给心上人,可高山连绵,碧水无尽,不知心上的人又在何处!

12. 踏莎行

〔宋〕欧阳修

　　候馆梅残,溪桥柳细,草薰风暖摇征辔。离愁渐远渐无穷,迢迢不断如春水。
　　寸寸柔肠,盈盈粉泪,楼高莫近危栏倚。平芜尽处是春山,行人更在春山外。

◎ 伴我朗读

　　①候馆:旅舍。②薰:香草,引申为香气。③征:远行。④辔(pèi):马缰绳。⑤迢迢:遥远,绵长。⑥盈盈:形容泪水充溢。⑦粉泪:女子的眼泪。⑧平芜:草木丛生的平旷原野。

　　旅舍前的梅花已然凋残,溪水桥边柳枝细柔轻垂,风暖草香,远行人跃马扬鞭。离愁随着他渐行渐远而愈加浓烈,似春水绵绵不断。
　　一寸一寸的温柔肠,盈盈满溢的胭脂泪。休要到高楼的栏杆旁张望,平坦的草地尽头是重重春山,远行之人更在重重的春山之外。

13. 蝶恋花

〔宋〕欧阳修

　　庭院深深深几许？杨柳堆烟，帘幕无重数。玉勒雕鞍游冶处，楼高不见章台路。

　　雨横风狂三月暮。门掩黄昏，无计留春住。泪眼问花花不语，乱红飞过秋千去。

◎ 伴我朗读

　　①玉勒雕鞍：玉饰的马衔，雕饰有精美图案的马鞍，极言华丽。②游冶：出游寻乐。③章台：汉时长安城有章台街，此处指富贵繁华处。

　　小院深深，深深几许？杨柳浓密，似笼着一层淡绿的轻烟，屋里与外面隔着多少重帘幕。豪华马车正停在贵族公子寻欢作乐的地方，纵登上高楼，也看不到他冶游的踪影。

　　雨横风狂，暮春三月。闭门掩住黄昏，怎忍心春天流逝而又无法留住。泪眼问花花不言语，只有纷纷的花瓣，乱红碎影，飘过秋千。

14. 鹧鸪天

〔宋〕晏几道

彩袖殷勤捧玉钟,当年拚却醉颜红。舞低杨柳楼心月,歌尽桃花扇底风。

从别后,忆相逢,几回魂梦与君同?今宵剩把银釭照,犹恐相逢是梦中。

◎ 伴我朗读

①彩袖:指女子。②玉钟:玉酒杯。③拚(pàn)却:甘愿,不惜。④剩把:尽把。⑤银釭(gāng):指灯。

犹忆你当年穿着彩袖的衣服捧着玉杯、殷勤敬酒那楚楚动人的样子,我也曾不惜一醉,酒意染红容颜。看曼舞到杨柳月儿落下高楼,听轻歌至桃花扇底风儿又止。

从分别后,常回忆相逢之时。几回魂牵梦萦,与君梦里相见。今夜手握银灯反复相照辨认,犹恐相逢是在恍惚虚幻的梦中。

抒情达意

15. 蝶恋花

〔宋〕晏几道

醉别西楼醒不记，春梦秋云，聚散真容易。斜月半窗还少睡，画屏闲展吴山翠。

衣上酒痕诗里字，点点行行，总是凄凉意。红烛自怜无好计，夜寒空替人垂泪。

◎ 伴我朗读

①西楼：泛指欢宴之所。②春梦秋云：化用白居易《花非花》中诗句，"来如春梦几多时？去似朝云无觅处。"③吴山：吴地的山（泛指江南）。④"红烛"二句：化用杜牧《赠别》中诗句，"蜡烛有心还惜别，替人垂泪到天明。"

醉别西楼，醒已不记。春梦秋云，聚散离合真是容易。斜月映入半窗，让人难以入眠，画屏中的吴山点点一片青翠。

衣上点点酒痕，诗里行行字句，都是人生的凄凉滋味。红烛自叹怜惜没有好办法，寒夜里暗自替人潸潸落泪。

16. 临江仙

〔宋〕晏几道

梦后楼台高锁,酒醒帘幕低垂。去年春恨却来时。落花人独立,微雨燕双飞。

记得小蘋初见,两重心字罗衣。琵琶弦上说相思。当时明月在,曾照彩云归。

◎ 伴我朗读

①心字罗衣:指衣领绣有心字图形。②小蘋:歌女名。③彩云:比喻美人。化用李白《宫中行乐词》,"只愁歌舞散,化作彩云飞。"

午夜梦回,楼台闭门深锁;宿酒初醒,帘幕低垂拂地。往日的春愁又袭上心头。落英缤纷里,我孤独地伫立;霏霏细雨中,燕儿双宿双飞。

记得那时初见小蘋,罗衣飘飘,领上绣着双重心字。斜抱琵琶,声声诉说着相思。当时明月犹在,照着彩云般的她飘然归去。

抒情达意

17. 江城子·乙卯正月二十日夜记梦

〔宋〕苏 轼

十年生死两茫茫。不思量,自难忘。千里孤坟,无处话凄凉。纵使相逢应不识,尘满面,鬓如霜。

夜来幽梦忽还乡。小轩窗,正梳妆。相顾无言,惟有泪千行。料得年年断肠处,明月夜,短松冈。

伴我朗读

①乙卯正月二十日夜记梦:熙宁八年(1075年),其时苏东坡任密州(今山东诸城)知州,年已四十,距其妻辞世已十年。②思量(liáng):思念。③孤坟:据《本事诗》载张姓妻孔氏赠夫诗:"欲知肠断处,明月照孤坟。"苏轼在此化用其意。④幽梦:梦境隐约,故云幽梦。⑤小轩窗:意指小房的窗下。

十年间生死相隔,岁月茫茫。不想让自己思念,却难以忘怀。与千里之外的孤坟,难以相对,无处诉说相思的万般凄凉。纵使再次相逢也会认不出,看我已是风尘满面、两鬓如霜。

夜晚忽然梦回故乡,你坐在小窗边梳妆,一如平常。四目相对无语,只有泪流千行。料想年年伤心断肠之处,应是在明月夜,短松冈之上。

18. 卜算子

〔宋〕李之仪

我住长江头,君住长江尾。日日思君不见君,共饮长江水。

此水几时休?此恨何时已?只愿君心似我心,定不负相思意。

◎ 伴我朗读

①李之仪:字端叔,号姑溪居士。苏轼门人之一。他才华横溢,琴棋书画皆其所能。《四库全书》称李之仪的文章"神锋俊逸,往往具有苏轼之体"。有《姑溪词》传世,词风婉秀。②长江头:长江上游。③长江尾:长江下游。④已:停止。

我住在长江的上游,你住在长江的下游。日日思君不见君,唯有共饮一江绿水,两情相爱相知。

悠悠江水几时停?相思之恨几时休?只愿君心似我心坚定不移,终不负长长相思情意。

19. 玉楼春

〔宋〕周邦彦

　　桃溪不作从容住，秋藕绝来无续处。当时相候赤阑桥，今日独寻黄叶路。
　　烟中列岫青无数，雁背夕阳红欲暮。人如风后入江云，情似雨余粘地絮。

◎ 伴我朗读

　　①桃溪：《幽明录》载，东汉时，刘晨、阮肇二人入天台山采药，曾因饥渴，登山食桃，就溪饮水，于溪边遇到两位仙女，相爱成婚。②赤阑：朱漆的栏杆。

　　桃溪的水依旧流得匆匆，不为情人稍稍停驻。秋藕丝断再不可能连续。记得当时多少次在红栏桥边相约，而今我默默独自踏着黄叶归去。
　　远处峰烟中的山色层层叠叠，看到大雁背上温红的夕阳，又是要迟暮了。情人如江上之云被风裹挟而去，而情思依然顽固，似雨后粘在地上的柳絮不肯消失。

20. 少年游

〔宋〕周邦彦

并刀如水,吴盐胜雪,纤指破新橙。锦幄初温,兽香不断,相对坐调笙。

低声问,向谁行宿?城上已三更。马滑霜浓,不如休去,直是少人行。

◎ 伴我朗读

①并刀:并州(今山西境内)的快剪刀。②吴盐:唐代两淮产盐,以洁白著称。③锦幄:锦制的帷帐。

并州的刀如水清亮,吴地的盐似雪洁白。纤长洁白的手指为我剥开新橙。锦绣的帷帐里温暖如春,小巧的兽形炉里香烟袅袅,此时对坐,调起温暖的芦笙。

低声问,今晚向何处歇息?现在已三更时分。夜深了霜浓了,马蹄儿路滑不稳,不如就此歇息,路上已没有行人了。

21. 满庭芳

〔宋〕秦 观

　　山抹微云，天连衰草，画角声断谯门。暂停征棹，聊共引离尊。多少蓬莱旧事，空回首、烟霭纷纷。斜阳外，寒鸦万点，流水绕孤村。

　　销魂、当此际，香囊暗解，罗带轻分。谩赢得、青楼薄幸名存。此去何时见也？襟袖上、空惹啼痕。伤情处，高楼望断，灯火已黄昏。

◎ **伴我朗读**

①谯门：城门。②引：举。③尊：酒杯。④蓬莱旧事：男女爱情的往事。⑤烟霭：指云雾。⑥销魂：形容因悲伤或快乐到极点而心神恍惚不知所以的样子。⑦谩：徒然。⑧薄幸：薄情。

　　远山抹着微云，衰草延伸到天边。凄凉的画角声声传自城门。暂时停下远行的船桨，聊且举起分别的酒杯共饮。多少爱情的往事，空回首，如烟云纷纷。斜阳外，寒鸦万点聚散起落，流水绕着荒凉的孤村。
　　黯然销魂，当此时，所佩的香囊暗解，身上的罗带轻分，临别相赠。自嘲徒然赢得青楼薄情之称。此去何时还能相见？泪珠连连，沾湿了衣袖衣襟。令人伤情处，高楼望眼痴痴欲穿，已是灯火初上，寂寞黄昏时分。

22. 青玉案

〔宋〕贺　铸

　　凌波不过横塘路，但目送、芳尘去。锦瑟华年谁与度？月桥花院，琐窗朱户，只有春知处。

　　飞云冉冉蘅皋暮，彩笔新题断肠句。试问闲愁都几许？一川烟草，满城风絮，梅子黄时雨。

◎ 伴我朗读

　　①凌波：形容女子步态轻盈。②锦瑟华年：指美好的青春。③琐窗：雕绘着花纹的窗子。④朱户：朱红的大门。⑤蘅皋：长着香草的沼泽中的高地。⑥彩笔：比喻有写作的才华。事见南朝江淹故事。⑦都几许：共有多少。⑧一川：遍地。

　　她那凌波一样的轻盈步履，却没有来横塘路，只目送她的身影远去了。她的青春年华与谁一起度过呢？想必是在月桥花院中、雕窗朱户间，大概只有春天才知道她的所在吧！

　　天边碧云飘飘，岸上芳草萋萋，"我"一直呆站在那里，直到黄昏时候。彩笔新写下相思断肠的诗句。试问闲愁共有几许？满川的烟草，满城的风絮，梅子黄时的绵绵细雨。

23. 半死桐

〔宋〕贺 铸

重过阊门万事非,同来何事不同归?梧桐半死清霜后,头白鸳鸯失伴飞。

原上草,露初晞。旧栖新垄两依依。空床卧听南窗雨,谁复挑灯夜补衣。

◎ 伴我朗读

①阊门(chāng):苏州古城之西门。②晞(xī):干。③旧栖和新垄:旧居新坟。

重过阊门顿感万事皆非,同来为什么不能相伴同归呢?我的心如同在秋霜之后半死的梧桐,又如白头的鸳鸯失去伴侣而孤影单飞。

原上的草,露水易干。生命就是这样无常短暂。旧屋与新坟让人依恋徘徊。我独卧空床听着南窗淅淅沥沥的雨声,好像妻子仍在为我挑灯深夜补衣,可一切已经成为过去。

24. 一剪梅

〔宋〕李清照

红藕香残玉簟秋,轻解罗裳,独上兰舟。云中谁寄锦书来?雁字回时,月满西楼。

花自飘零水自流。一种相思,两处闲愁。此情无计可消除。才下眉头,却上心头。

◎ **伴我朗读**

①玉簟(diàn):席子的美称。②罗裳:丝绸制的裙子。③兰舟:船的美称。④锦书:书信的美称。⑤雁字:指雁群飞时排成"一"或"人"形。相传雁能传书。

红荷凋谢了,竹席也觉冰凉,心头丝丝秋意。轻解绸罗长裙,独自登上小木舟。望云痴想谁会替我捎来锦书呢?却只见雁行空空飞回,清冷的月光洒满西楼。

花自飘飘水自潺潺,一种相思情,两地共闲愁。此情绵绵无法消解,才展开眉头,却又一阵阵袭上心头。

25. 忆王孙·春词

〔宋〕李重元

萋萋芳草忆王孙,柳外楼高空断魂。杜宇声声不忍闻。欲黄昏,雨打梨花深闭门。

◎ 伴我朗读

①萋萋:草茂盛貌。②王孙:公子,代指行人。刘安《招隐士》赋,"王孙游兮不归,春草生兮萋萋"。③杜宇:即杜鹃鸟。④"欲黄昏"二句:刘方平《春怨》诗,"寂寞空庭春欲晚,梨花满地不开门"。此化用其意。

芳草青青时,我思念着远方的情人,杨柳掩映的画楼,有人楼上空自伤心。杜鹃声声哀鸣,不忍听闻。渐黄昏时,细雨又打在梨花上,我只好深深掩上闺门。

26. 采桑子

〔宋〕吕本中

恨君不似江楼月,南北东西,南北东西,只有相随无别离。
恨君却似江楼月,暂满还亏,暂满还亏,待得团圆是几时?

伴我朗读

①亏:缺。

恨君不似江边楼上的月儿,不管我走到哪里,它都只有相随,没有别离。

恨君却似江边楼上的月儿,总是才满又残缺,何时才能等到团团圆圆呢?

抒情达意

27. 钗头凤

〔宋〕陆　游

红酥手，黄縢酒，满城春色宫墙柳。东风恶，欢情薄。一怀愁绪，几年离索。错！错！错！

春如旧，人空瘦，泪痕红浥鲛绡透。桃花落，闲池阁。山盟虽在，锦书难托。莫！莫！莫！

◎ 伴我朗读

①黄縢酒：即黄封酒，宋代官酒以黄纸或黄绢封瓶口。②离索：离散。浥（yì）：湿。③鲛绡（jiāo xiāo）：传说鲛人所织的丝织品，泛指绢帛。蛟，通"鲛"。④锦书：写在锦上的书信，泛指书信。⑤莫：罢了。

记得那红润柔嫩的手，曾为我斟上黄封美酒。满城春色斗艳，宫墙边柳树青青。东风忽又无情，欢会是那样短暂。一腔的愁绪，几年分别的忧伤寂寞。只能感叹：错！错！错！

春天依然如前，情人空自消瘦。泪水流过脸上脂粉，又湿透了绢帕。桃花凋谢了，池阁冷落闲寂。过去的海誓山盟虽在，音信的传递今已不再能够。只能感叹：莫！莫！莫！

28. 踏莎行

〔宋〕姜　夔

自沔东来,丁未元日至金陵,江上感梦而作

燕燕轻盈,莺莺娇软,分明又向华胥见。夜长争得薄情知?春初早被相思染。

别后书辞,别时针线,离魂暗逐郎行远。淮南皓月冷千山,冥冥归去无人管。

◎ 伴我朗读

①沔:沔州,今湖北汉阳。②丁未元日:淳熙十四年(公元1187年)元旦。③华胥:梦。④淮南:合肥属淮南路。作者的恋人居住在那里。

燕子轻盈的身姿、黄莺娇软的声音,在梦里我又分明地见到她。她脉脉含情道:薄情郎可知长夜难耐的滋味?春天来时,心里早已染满重重相思。

等待别后的书信,临别前为我所做的针线。分别之后心已随情郎远行。梦醒后,淮南的皓月清冷映照千山,冥冥中独自归去却无人陪伴。

抒情达意

29. 湘春夜月

〔宋〕黄孝迈

近清明,翠禽枝上消魂。可惜一片清歌,都付与黄昏。欲共柳花低诉,怕柳花轻薄,不解伤春。念楚乡旅宿,柔情别绪,谁与温存!

空樽夜泣,青山不语,残月当门。翠玉楼前,惟是有、一陂湘水,摇荡湘云。天长梦短,问甚时、重见桃根。这次第,算人间没个并刀,剪断心上愁痕。

◎ 伴我朗读

①翠玉楼:即前文"楚乡旅宿"。②陂(bēi):池。③桃根:东晋王献之妾桃叶的妹妹。借指歌妓或所爱恋的女子。④这次第:"如此种种"的意思。

近清明时节,翠羽之鸟在枝上啼鸣,令人神伤。可惜这一片清歌,都徒然付于寂寞的黄昏。想要向柳花低诉,怕柳花轻薄,不懂人为什么伤春。念我在楚乡异地漂泊旅宿,这柔情别绪,谁又能够体贴安抚。

杯酒夜饮,清泪零落,面对寂寂的青山,残月的清辉当门。翠玉楼前,只有一池湘水,摇荡湘云。楚天辽阔,好梦短暂,什么时候能与心上人重见呢?眼前的一切叫人难耐,算来没有并州的快刀,剪断我的忧愁。

第二章 言志抒怀

30. 摊破浣溪沙

〔南唐〕李 璟

菡萏香销翠叶残,西风愁起绿波间。还与韶光共憔悴,不堪看。

细雨梦回鸡塞远,小楼吹彻玉笙寒。多少泪珠何限恨,倚阑干。

◎ 伴我朗读

①菡萏:荷花的别名。②韶光:美好的时光。③梦回:梦醒。④鸡塞:即鸡鹿塞,汉时边塞名,故址在今内蒙古。这里泛指边塞。⑤吹彻:吹到最后一曲。彻,大曲中的最后一遍。

荷花已消逝了她的清香,翠绿的荷叶也已凋残,秋风吹起绿波的涟漪含着忧愁。众芳与美好的时光一同憔悴,不忍心多看。

梦到边关与情人相会,细雨中半夜梦回不胜凄凉。在小楼中吹起玉笙驱不走阵阵寒意。多少泪珠簌簌不断,独自空倚栏杆。

31. 虞美人

〔南唐〕李 煜

春花秋月何时了？往事知多少。小楼昨夜又东风，故国不堪回首月明中。

雕栏玉砌应犹在，只是朱颜改。问君能有几多愁？恰似一江春水向东流。

◎ 伴我朗读

①了：了结，完结。②雕栏玉砌：指远在金陵的南唐故宫。砌，指台阶。

春花秋月什么时候才是结束？多少往事历历映在心里。小楼昨夜又吹起春风，又是一样的明月，可故国怎堪回忆。

华丽的故国宫殿应该还在，只是我面貌消瘦容光不再。要问我心中有多少哀愁？恰似那东流的春水无穷无尽。

32. 相见欢

〔南唐〕李　煜

林花谢了春红，太匆匆。无奈朝来寒雨晚来风。
胭脂泪，相留醉，几时重？自是人生长恨水长东。

◎ 伴我朗读

①胭脂泪：指女子的眼泪。②几时重：何时再度相会。

　　林花那春天的红晕已经褪尽，春的消失太过匆匆。无奈朝朝暮暮的风吹雨打。
　　和着胭脂泪的残余花瓣，与人暂相惜伴，分别了几时能再重逢？自是人生长恨不尽，像江水长流滚滚向东，不休不止，永无尽头。

33. 相见欢

〔南唐〕李 煜

无言独上西楼,月如钩。寂寞梧桐深院锁清秋。
剪不断,理还乱,是离愁。别是一般滋味在心头。

◎ 伴我朗读

　　默默独自登上西楼,又见一弯明月如钩。深院寂寞,只有梧桐树的清影,锁系着清秋的滋味。
　　那想剪断却挥之不去的,那想理清却更心绪繁乱的,便是这深深的去国之愁。自有一番滋味在心头,萦绕回环。

34. 浪淘沙

〔南唐〕李 煜

帘外雨潺潺,春意阑珊。罗衾不耐五更寒,梦里不知身是客,一晌贪欢。

独自莫凭阑,无限江山。别时容易见时难,流水落花春去也,天上人间。

◎ 伴我朗读

①潺潺：形容雨声。②阑珊：衰残。③罗衾（qīn）：被子。④不耐：受不了。⑤身是客：指被拘汴京,形同囚徒。⑥一晌：一会儿,片刻。⑦贪欢：指贪恋梦境中的欢乐。

帘外雨声潺潺,春意又消残了。绸被抵不住半夜袭来的阵阵凉意。只有在梦里才不知道自己已经身为异乡的囚客,偷一时半会的欢乐。

独自不要凭栏远望,眼前无限江山会想到故国家园。分别时候容易再相见却很难,流水载着落花,流走了春天,也流走了天上人间的春意。

言志抒怀

35. 定风波

〔宋〕苏 轼

三月七日,沙湖道中遇雨。雨具先去,同行皆狼狈,余独不觉。已而遂晴,故作此词。

莫听穿林打叶声,何妨吟啸且徐行。竹杖芒鞋轻胜马,谁怕?一蓑烟雨任平生。

料峭春风吹酒醒,微冷,山头斜照却相迎。回首向来萧瑟处,归去,也无风雨也无晴。

伴我朗读

①三月七日:神宗元丰五年(1082年)的三月七日。②沙湖:在黄冈东南三十里。③芒鞋:草鞋。④料峭:形容风寒。⑤萧瑟:雨打树叶发出的声响。

不要听那穿林打叶的雨声,不妨轻吟长啸信步前行。手扶竹杖脚蹬草鞋,身心轻安胜于骑马。谁怕?平生一身蓑衣,笑傲穿梭于风雨中。

料峭的春风把酒意吹醒,微冷。风雨过后,山头夕阳斜晖相迎。回首来时,萧瑟的风雨何在?归去时,一切已成为美好的回忆,不管是风雨还是晴天。

36. 渔家傲

〔宋〕李清照

天接云涛连晓雾,星河欲转千帆舞。仿佛梦魂归帝所,闻天语,殷勤问我归何处?

我报路长嗟日暮,学诗谩有惊人句。九万里风鹏正举。风休住,蓬舟吹取三山去!

> 伴我朗读

①谩:徒然。②三山:传说渤海中有蓬莱、方丈、瀛洲三仙山。

长天接着云涛,连着晨雾,银河转动,千帆逐浪起舞。仿佛梦魂来到天帝居处,听到天帝关切地问我,欲去向何处?

我说,漫漫长路,而年已日暮,学诗纵有惊人语,却无用处。一气能直上九万里的大鹏正要振翅高飞,风啊,请别停住,把我这小船吹向蓬莱三山!

37. 武陵春

〔宋〕李清照

风住尘香花已尽,日晚倦梳头。物是人非事事休,欲语泪先流。

闻说双溪春尚好,也拟泛轻舟。只恐双溪舴艋舟,载不动、许多愁。

◎ 伴我朗读

①尘香:尘土里有落花的香气。②双溪:浙江金华县的江名。③舴艋(zé měng):小船。

风停了,花已落尽,尘土中的余香也散了;日色已高,我却懒得梳妆打扮。风景依旧而心境已非往昔,事事无心情,还没开口却已潸然泪下。

听说双溪上春光还好,也打算划着小船去游赏。只担心双溪上小小的船儿,载不动,我内心沉甸甸的忧愁。

38. 声声慢

〔宋〕李清照

寻寻觅觅,冷冷清清,凄凄惨惨戚戚。乍暖还寒时候,最难将息。三杯两盏淡酒,怎敌他晚来风急!雁过也,正伤心,却是旧时相识。

满地黄花堆积,憔悴损,如今有谁堪摘?守着窗儿,独自怎生得黑!梧桐更兼细雨,到黄昏,点点滴滴。这次第,怎一个愁字了得!

◎ 伴我朗读

①将息:将养休息。②怎生:怎样。③这次第:这一连串的情况。

苦苦地寻寻觅觅,四周却冷冷清清,凝结的忧郁哀怨难以化解,倍感凄凉。刚暖还寒的时候,最难调养休息。喝下三杯两盏淡酒,也敌不过晚来阵阵风寒。正伤心时,见北来的大雁飞过,勾起往昔熟悉的回忆。

菊花凋落铺满一地,憔悴消损,如今谁有心情摘取?独自坐守在窗前,迟迟难到天黑。窗前梧桐树,伴着蒙蒙细雨点点滴滴,一直到黄昏。这一切的情景,一个愁字怎能道尽我的忧伤!

39. 卜算子

〔宋〕严 蕊

不是爱风尘,似被前缘误。花落花开自有时,总赖东君主。

去也终须去,住也如何住!若得山花插满头,莫问奴归处。

◎ 伴我朗读

①前缘:前世的因缘,即宿命。②东君:司春之神。

不是我喜爱堕落风尘,而是好似被前生的宿命所误。花落花开自有定时,只能依赖司春之神做主。

离去也终须离去,留下又如何留得!若能山花插满头自在归去,请不要问我归向何处。

40. 水龙吟·登建康赏心亭

〔宋〕辛弃疾

楚天千里清秋,水随天去秋无际。遥岑远目,献愁供恨,玉簪螺髻。落日楼头,断鸿声里,江南游子。把吴钩看了(liǎo),栏杆拍遍,无人会、登临意。

休说鲈鱼堪脍,尽西风,季鹰归未?求田问舍,怕应羞见,刘郎才气。可惜流年,忧愁风雨,树犹如此!倩何人唤取,红巾翠袖,揾英雄泪!

言志抒怀

◎ 伴我朗读

①建康：今南京。②楚天：泛指长江中下游一带。③遥岑：远山。④玉簪螺髻：比喻山的形状。⑤吴钩：古代吴地制造的宝刀。⑥脍：细切肉。⑦季鹰：晋代张翰，字季鹰，吴地人，在洛阳做官，见秋风起，便思念家乡的莼菜羹和鲈鱼脍，于是就辞官归家。⑧"求田问舍"三句：《三国志》载，许汜去见陈登，陈登自己睡大床，让他睡下床。后来许汜告诉刘备此事，刘备说，当此天下大乱，你只知道求田问舍，为一己小利。如果是我，我会睡百尺楼上，而让你睡地上。⑨树犹如此：晋朝桓温北征，见到过去种的柳树已长到十人合抱粗了，叹息说："木犹如此，人何以堪！"⑩揾（wèn）：擦拭。

楚天清秋千里，水随天去秋光无限。遥望远山，层层涌现的忧愁悲恨，像姑娘插着玉簪的叠叠螺髻。在落日的楼头，在孤雁断续的哀鸣声里，浪迹江南的游子，把宝刀看了又看，栏杆拍遍，无人懂得我登临怅然之意。

西风吹起，不要学那张季鹰为吃味美的鲈鱼而还乡；如果像许汜那样买屋置地，恐怕会羞于见刘备那样的英雄人物吧！我所忧愁的，是时光流逝，国势如风雨飘摇。树犹如此，人何以堪！谁人能唤取翠袖女，用红巾擦掉我这报国无门的英雄悲泪。

41. 摸鱼儿

〔宋〕辛弃疾

淳熙己亥,自湖北漕移湖南,同官王正之置酒小山亭,为赋。

更能消,几番风雨?匆匆春又归去。惜春长怕花开早,何况落红无数。春且住,见说道,天涯芳草无归路。怨春不语,算只有殷勤,画檐蛛网,尽日惹飞絮。

长门事,准拟佳期又误,蛾眉曾有人妒。千金纵买相如赋,脉脉此情谁诉?君莫舞,君不见,玉环飞燕皆尘土。闲愁最苦,休去倚危栏,斜阳正在,烟柳断肠处。

◎ **伴我朗读**

①淳熙己亥:宋孝宗淳熙六年(1179年)。②漕:转运使的省称。③小山亭:在湖北转运使官衙之内。④消:经受。⑤长门:汉代宫名。据说汉代皇后陈阿娇失宠,请司马相如作《长门赋》以悟武帝,后复得宠。

更能消得几番风吹雨打,看匆匆春天又归去了。惜春长怕花开得早,又何况花谢花飞,纷纷不断。春天暂且留住,不见有人说,春天随着芳草远去天涯,找不到归路。埋怨春天默默不语,算来只有屋檐蜘蛛殷勤地织网,整日想留住一点春天的飞絮。

长门官的事,约好了佳期又耽误了,心事终成空,蛾眉有人嫉妒陷害。即使能千金买得相如的《长门赋》,脉脉的感情向谁倾诉有谁肯听呢?不要起舞了,君难道没有看见,杨玉环赵飞燕这些佳人都已化尘土。闲愁最苦,不要去倚着高栏,斜阳的余晖正照在笼着轻烟的杨柳树上,令人断肠。

言志抒怀

42. 祝英台近·晚春

〔宋〕辛弃疾

宝钗分,桃叶渡,烟柳暗南浦。怕上层楼,十日九风雨。断肠片片飞红,都无人管,更谁劝啼莺声住?

鬓边觑,试把花卜归期,才簪又重数。罗帐灯昏,哽咽梦中语:是他春带愁来,春归何处?却不解带将愁去?

◎ 伴我朗读

①宝钗分:分钗作为离别的纪念。②桃叶渡:在南京秦淮河与青溪合流之处,这里泛指送别爱人之处。③南浦:泛指送别的水边。江淹《别赋》,"送君南浦,伤如之何"。④觑(qù):斜视。

宝钗作为离别的纪念,在那桃叶渡口,笼烟的杨柳遮暗了南浦。怕登上高楼,十日有九日风风雨雨。伤心断肠落红片片,任他飘去都无人管,有谁告诉流莺不要再声声啼唤。

鬓边看,取下头上的簪花,试把情人归来的日期卜占。才插回头上,又取下重数重占。罗帐里烛灯昏暗,人在梦中,哽哽咽咽,自言自语。是他在春天带来了愁绪,春天去了哪里?为什么不把我的忧愁带走呢?

第三章 闲情逸趣

43. 摊破浣溪沙

〔南唐〕李　璟

手卷真珠上玉钩，依前春恨锁重楼。风里落花谁是主？思悠悠。

青鸟不传云外信，丁香空结雨中愁。回首绿波三峡暮，接天流。

伴我朗读

①真珠：即珍珠帘。②青鸟：传说曾为西王母传递消息给武帝，此指信使。③云外：指遥远的地方。④丁香结：丁香的花蕾，象征愁心。⑤三峡：一作"三楚"，指南楚、东楚、西楚。

卷起珠帘挂上玉钩，春愁依旧笼罩高楼。落花随风飘零，谁是它的主人呢？空引起思绪悠悠。

信使没有带来远方的音信，丁香的花蕾凝结着雨中的清愁。回首看着暮色中的三峡，只有接天的江水无语东流。

44. 鹊踏枝

〔南唐〕冯延巳

谁道闲情抛弃久?每到春来,惆怅还依旧。日日花前常病酒,不辞镜里朱颜瘦。

河畔青芜堤上柳,为问新愁,何事年年有?独立小桥风满袖,平林新月人归后。

◎ 伴我朗读

①闲情:闲愁,指爱情、相思。②病酒:饮酒过量,醉酒。③青芜:丛生的青草。

谁说相思被抛弃太久了?每到春天来临,惆怅绵绵一如往昔。日日醉酒于花间,不顾镜里的红颜日渐消瘦。

河畔草又青青,堤上柳又依依,为何年年添新愁?独立小桥风儿吹满衣袖,客去后看平林上新月如钩。

45. 天仙子

〔宋〕张　先

时为嘉禾小倅，以病眠不赴府会。

水调数声持酒听，午醉醒来愁未醒。送春春去几时回？临晚镜，伤流景，往事后期空记省。

沙上并禽池上暝，云破月来花弄影。重重帘幕密遮灯，风不定，人初静，明日落红应满径。

◎ **伴我朗读**

①嘉禾：宋时郡名，今浙江嘉兴。②小倅（zú）：小官。倅，副职。③水调：曲调名。④流景：逝去的光阴。景，日光。⑤并禽：成对的鸟儿，这里指鸳鸯。

手拿酒杯听那水调歌儿声声婉转，午间喝醉后醒来，但是心中的忧愁却未醒来。送走了春天，春天几时再回来。傍晚照着镜子，暗自忧伤流逝的光景，往事与将来的约会白白记得很清楚，都如同云烟。

沙滩上鸳鸯成双栖息，天色已黑，浮云飘去露出月亮，花儿逗弄着清影。重重的帘幕里密遮的蜡灯，风还不停，人声渐渐静了，明日红红的花瓣应落满了小径。

46. 浣溪沙

〔宋〕晏 殊

一曲新词酒一杯,去年天气旧亭台。夕阳西下几时回?
无可奈何花落去,似曾相识燕归来。小园香径独徘徊。

◎ 伴我朗读

香径:花园里的小路。

一曲新词,一杯美酒,依然是去年的天气旧时的亭台,太阳西下了何时再回来?

花开还落,总是无可奈何;若有安慰,旧燕飞去又回。回味着一切当下和正在流逝的美好,在小园香径上独自久久徘徊。

47. 蝶恋花·春景

〔宋〕苏 轼

花褪残红青杏小，燕子飞时，绿水人家绕。枝上柳绵吹又少，天涯何处无芳草。

墙里秋千墙外道，墙外行人，墙里佳人笑。笑渐不闻声渐悄，多情却被无情恼。

◉ 伴我朗读

①褪：减色。②柳绵：柳絮。③多情：指行人。④无情：指佳人。

花儿褪尽，青杏初生，正是春日迟迟燕子飞时，绿水绕着人家。风儿殷勤吹着柳枝，枝上的柳絮快要飞尽了；无论走到哪里，天涯何处没有芳草。墙里秋千佳人，墙外小径行人。墙外行人默默，墙里佳人欢笑。笑声渐渐消失了，引起墙外行人莫名的惆怅，仿佛自己的多情被少女的无情所伤。

48. 临江仙

〔宋〕苏 轼

夜饮东坡醒复醉,归来仿佛三更。家童鼻息已雷鸣。敲门都不应,倚杖听江声。

长恨此身非我有,何时忘却营营?夜阑风静縠纹平。小舟从此逝,江海寄馀生。

◎ 伴我朗读

①东坡:地名,在黄州。②营营:奔走劳碌的样子。③縠(hú):皱纱。

我在东坡饮酒,醒来又醉去。归来大约已是三更。家童已熟睡,发出如雷的鼾声。敲门也无人回应,只好倚着竹杖听着江涛声声。

长恨身在宦途,这身子已不是我自己所有,何时才能忘记为名利而追逐不停。夜深沉,风已定,水面微波万顷,如丝绸般平静。真想驾一叶小舟从此远去,在江海中自由自在寄托余生。

49. 清平乐

〔宋〕黄庭坚

春归何处?寂寞无行路。若有人知春去处,唤取归来同住。

春无踪迹谁知?除非问取黄鹂。百啭无人能解,因风飞过蔷薇。

◎ 伴我朗读

①问取:问。②因风:趁着风势。

春天回到了哪里?只感到春天离去留下的寂寞,看不到她的行迹。如果有人知道春天的去处,请把她唤回来,与我们相伴同住。

春天并无踪迹,又有谁能知?除非问曾在春风中啼啭的黄鹂吧。黄鹂婉转的歌声唱了又唱,可无人能懂得。看她又趁着风势,飞过了初夏红红的蔷薇。

50. 浣溪沙

〔宋〕秦　观

漠漠轻寒上小楼,晓阴无赖似穷秋。淡烟流水画屏幽。
自在飞花轻似梦,无边丝雨细如愁。宝帘闲挂小银钩。

◎ 伴我朗读

漠漠:弥漫、轻淡。

　　无边的薄薄春寒无声无息地入侵了小楼,一大早起来就阴霾不开,好似深秋。词人独坐小楼,屏风上淡淡轻烟曲曲流水,清远幽深。
　　自在的飞花轻盈如梦,无边的细雨连绵如愁。此时,纤手轻轻将珠帘斜挂小银钩。

51. 临江仙

〔宋〕陈与义

夜登小阁，忆洛中旧游。

忆昔午桥桥上饮，坐中多是豪英。长沟流月去无声，杏花疏影里，吹笛到天明。

二十余年如一梦，此身虽在堪惊！闲登小阁看新晴。古今多少事，渔唱起三更。

◎ 伴我朗读

①洛中：今河南洛阳。②午桥：在洛阳南十里。③长沟：长河。

回忆往昔午桥上饮酒的情景，在座之人多是豪杰义士，那时河水映着月光默默远去，我们在杏花树下，稀疏的光影里，吹笛尽兴直到天明。

二十余年，恍如一梦。此身仍存，已足惊叹！闲来登上阁楼观看新晴后的景色。嗟叹古往今来多少人事沧桑，已是深夜，远处传来隐隐的渔歌声。

52. 如梦令

〔宋〕李清照

常记溪亭日暮,沉醉不知归路。兴尽晚回舟,误入藕花深处。争渡,争渡,惊起一滩鸥鹭。

◎ 伴我朗读

藕花:荷花。

常记得傍晚时分,流连在溪边亭下,沉沉醉去,找不到回家的路。兴致已尽,暮色中划着小船归去,却误入了亭亭荷花深处。使劲划呀,划呀,船声惊起沙滩上鸥鹭一片片飞起。

53. 如梦令

〔宋〕李清照

昨夜雨疏风骤,浓睡不消残酒。试问卷帘人,却道海棠依旧。知否?知否?应是绿肥红瘦。

◎ 伴我朗读

①疏:疏放,疏狂,非通常的稀疏义。②绿肥:指枝叶茂盛。③红瘦:谓花朵稀少。

昨夜雨疏风急,沉睡醒来还带着昨晚的酒意。我问卷帘的侍女海棠花儿可好?她却说,依旧和昨天一样。你可知道?可知道?应是绿叶多而红花少了。

54.丑奴儿·书博山道中壁

〔宋〕辛弃疾

少年不识愁滋味,爱上层楼。爱上层楼,为赋新词强说愁。
而今识尽愁滋味,欲说还休。欲说还休,却道天凉好个秋。

◎ 伴我朗读

①博山:山名,在江西广丰西南。②层楼:高楼。

少年哪里体会过愁的滋味,只是喜欢登上高楼,再登高楼,为填写新词勉强字里行间说些愁。

而今遍识尝尽人间愁滋味,想说却不知如何说起,如何开口,只能淡淡说今年的秋天真的好清凉呀!

55. 风入松

〔宋〕俞国宝

　　一春长费买花钱，日日醉湖边。玉骢惯识西湖路，骄嘶过、沽酒楼前。红杏香中箫鼓，绿杨影里秋千。

　　暖风十里丽人天，花压鬓云偏。画船载取春归去，馀情付、湖水湖烟。明日重扶残醉，来寻陌上花钿。

◎ 伴我朗读

　　①玉骢：白马。②鬓云：像乌云般的发鬓。③花钿：以金翠珠宝等制成花朵形的首饰。

　　一春不惜买花钱，日日沉醉花边。白马已熟悉西湖小径，酒垆前骄嘶几声。杏花红香中传来箫鼓，杨树绿影里荡出秋千。

　　暖风十里丽人欢游，花儿点缀鬓云斜坠。画船载着春色悠悠渐远，不尽的情思寄托给渺渺烟波。明日还要乘残醉余兴，来幽径独寻昨日美人遗落的花钿。

56. 霜天晓角

〔宋〕蒋 捷

人影窗纱,是谁来折花?折则从他折去,知折去、向谁家?

檐牙,枝最佳。折时高折些。说与折花人道,须插向、鬓边斜。

◎ 伴我朗读

檐牙:翘出如牙的屋檐边的建筑装饰。

人影映到窗纱上,是谁来折花呢?想折就让他折去吧,不知道折去,花儿落到了谁家。

屋檐边上的那枝,最好看。折时要往高处折些更好。想与折花人说,要斜斜插向鬓边才好。

57. 虞美人·听雨

〔宋〕蒋 捷

少年听雨歌楼上，红烛昏罗帐。壮年听雨客舟中，江阔云低断雁叫西风。

而今听雨僧庐下，鬓已星星也。悲欢离合总无情，一任阶前点滴到天明。

◎ 伴我朗读

①昏：烛光昏暗。②断雁：失群的孤雁。③僧庐：僧房。

年少的时候在歌楼上听雨，红烛摇影纱帐柔轻。壮年时在外地的小船上，看蒙蒙细雨，江水辽阔，云幕低垂，失群的大雁在风中唳鸣。

如今独自一人在僧房听细雨点点，两鬓已是白发苍苍。世上的悲欢离合已历尽而无动于衷，只是静静地听着那阶前的冷雨，一任他点点滴滴到天明。

第四章 山水田园

58. 渔歌子

〔唐〕张志和

西塞山前白鹭飞,桃花流水鳜鱼肥。青箬笠,绿蓑衣,斜风细雨不须归。

◎ 伴我朗读

①西塞山:在今浙江省湖州市西南。②箬(ruò)笠:竹篾或竹叶编成的斗笠。箬,竹子的一种。

西塞山前,白鹭从水田飞入上空,潺潺流水里桃花瓣瓣,鳜鱼已长得肚儿肥肥。戴着碧竹叶的斗笠,披着绿草编的蓑衣,即使在斜风细雨中,也自在徜徉不愿离去。

59. 忆江南二首

〔唐〕白居易

其一

江南好,风景旧曾谙。日出江花红胜火,春来江水绿如蓝。能不忆江南?

其二

江南忆,最忆是杭州。山寺月中寻桂子,郡亭枕上看潮头。何日更重游!

> **伴我朗读**
>
> ①谙:熟悉。②蓝:蓝草,可制染料。③山寺:指杭州灵隐寺、天竺寺。传说灵隐寺、天竺寺年年中秋有桂子自月中落下。宋之问《灵隐寺》有诗句:"桂子月中落,天香云外飘。"④郡亭:杭州郡守官署内的亭,名"虚白"。⑤潮头:钱塘江阴历八月中旬水极盛,蔚为壮观。
>
> 美好的江南,风景依旧亲切熟悉。日出时朝霞映得江边花朵红艳似火,春来时江水如蓝草染过般碧绿无际。怎能不让人思念江南?
>
> 回忆江南,最让人难忘的是杭州。寺院月光中寻找落下的桂子,侧卧在郡亭枕上看那奔腾而来的钱塘浪潮。何日才能重游如仙境般美好的地方?

60. 菩萨蛮

〔唐〕韦　庄

人人尽说江南好，游人只合江南老。春水碧于天，画船听雨眠。

垆边人似月，皓腕凝双雪。未老莫还乡，还乡须断肠。

◎ 伴我朗读

①只合：只应。②垆：旧时酒店里安放酒瓮的土台子。《史记·司马相如列传》载司马相如妻卓文君貌美，曾当垆卖酒。这里垆边人暗用其典。

人人都说江南好，游人就应该在江南老去。春水的颜色比天空还绿，游人在画船上听着雨声入眠。

酒垆边的那个女子，似明月般柔美，洁白的手腕如凝结着霜雪。未老不要还乡，如果还乡一定会思念江南而伤心断肠。

61. 浣溪沙

〔宋〕苏 轼

游蕲水清泉寺,寺临兰溪,溪水西流。

山下兰芽短浸溪,松间沙路净无泥,萧萧暮雨子规啼。谁道人生无再少?门前流水尚能西,休将白发唱黄鸡。

伴我朗读

①蕲水:今湖北蕲水县。②再少:重又青春年少。③"休将"句:意谓不要叹息年华易逝。白居易《醉歌·示妓人商玲珑》:"谁道使君不解歌?听唱黄鸡与白日。黄鸡催晓丑时鸣,白日催年酉前没。"这里反用白诗意。

山下兰草的嫩芽,浸在清清小溪。松林间的沙土小路,干干净净。萧萧暮雨中传来杜鹃的啼鸣声声。

谁道人生不能再次年轻呢?门前的流水有时尚能折而向西。休要唱着黄鸡歌,像古人那样感叹迟暮的悲伤。

山水田园

62. 好事近·渔父词

〔宋〕朱敦儒

摇首出红尘,醒醉更无时节。活计绿蓑青笠,惯披霜冲雪。

晚来风定钓丝闲,上下是新月。千里水天一色,看孤鸿明灭。

◎ 伴我朗读

①红尘:尘世,官场。②活计:生计,谋生的手段。

悠然摇头步出红尘,醒醉更无时节阻拦。青斗笠绿蓑衣,惯于披霜而来冲雪而去。

晚来风平浪静,钓线闲垂水面。天上水中,新月遥相映。千里水天碧青一色,看孤鸿在烟波上,明明灭灭。

63. 鹧鸪天·西都作

〔宋〕朱敦儒

我是清都山水郎，天教分付与疏狂。曾批给雨支风券，累上流云借月章。

诗万首，酒千觞。几曾着眼看侯王？玉楼金阙慵归去，且插梅花醉洛阳。

◎ 伴我朗读

①西都：宋以洛阳为西京，即西都。②清都：传说中天帝居处。③山水郎：为天帝管理山水的侍从。④疏狂：不受拘束。⑤券：凭证。⑥章：奏章。⑦觞：盛酒器。⑧慵：懒。

我是仙界掌管山水的闲官。上天给了我这份自在疏狂。天帝批给我呼风唤雨的诏书，我也曾屡次呈上留云借月的奏章。

诗篇万首，美酒千杯。几曾正眼看将相侯王？玉楼金阙的汴京宫殿我也懒得归去，暂且头插梅花留醉洛阳。

64. 西江月·夜行黄沙道中

〔宋〕辛弃疾

明月别枝惊鹊,清风半夜鸣蝉。稻花香里说丰年,听取蛙声一片。

七八个星天外,两三点雨山前。旧时茅店社林边,路转溪头忽见。

◎ 伴我朗读

①黄沙:黄沙岭,在江西上饶西。②"明月"句:苏轼《次韵蒋颖叔》诗,"明月惊鹊未安枝"。别枝,另一枝,斜枝。③社:土地神庙。古时,村有社树,为祀神处,故曰社林。

明月惊起枝头上鹊鸟,清风吹来夜半里蝉鸣。阵阵稻花香里喜说丰年,听那田间蛙声一片。

七八个星闪闪,点缀在天外,两三点雨疏疏,飘落在山前。旧时熟悉的茅屋在社林旁边,路转溪头时忽然映入眼帘。

65. 清平乐·村居

〔宋〕辛弃疾

茅檐低小,溪上青青草。醉里吴音相媚好,白发谁家翁媪。

大儿锄豆溪东,中儿正织鸡笼,最喜小儿无赖,溪头卧剥莲蓬。

◎ 伴我朗读

①吴音:吴地方言。泛指南方话。②翁媪(ǎo):老公公,老婆婆。③无赖:此指调皮。

茅屋低小,溪边小草青青。带有醉意乡音语语传情,不知是谁家白发的老翁和婆婆。

大儿溪东锄豆,二儿正织鸡笼,最喜小儿顽皮,溪头卧趴笑剥莲蓬。

第五章 边塞爱国

66. 渔家傲·秋思

〔宋〕范仲淹

塞下秋来风景异,衡阳雁去无留意。四面边声连角起,千嶂里,长烟落日孤城闭。

浊酒一杯家万里,燕然未勒归无计。羌管悠悠霜满地,人不寐,将军白发征夫泪。

◎ 伴我朗读

①塞下:指西北驻防要地。塞,边塞。②衡阳:在今湖南,传说秋天北雁南飞,至衡阳回雁峰而止。③长烟落日:化用王维诗"大漠孤烟直,长河落日圆"。④浊酒:颜色浑浊的米酒。⑤燕(yān)然:在今蒙古境内。东汉窦宪出击匈奴,登燕然山,刻石纪功而还。⑥勒:刻。⑦羌管:笛子。

边塞的秋天风景独好,南归的大雁也径自离去毫无留意。四面马鸣笳动的边声与号角声响成一片。丛山叠嶂里,苍茫的落日荒烟中,孤城紧闭。

浊酒一杯,遥望万里之外的家乡,还没有在燕然山立功刻石,归乡之日遥遥无期。羌人的笛声悠扬,寒霜洒满边塞。人难以入眠,将军已染白发,士兵思乡泪不尽。

67. 江城子·密州出猎

〔宋〕苏 轼

老夫聊发少年狂。左牵黄，右擎苍。锦帽貂裘，千骑卷平冈。为报倾城随太守，亲射虎，看孙郎。

酒酣胸胆尚开张。鬓微霜，又何妨。持节云中，何日遣冯唐？会挽雕弓如满月，西北望，射天狼。

◎ 伴我朗读

①密州：今山东诸城。②老夫：作者自称，时年三十八。③千骑（jì）：形容随从之多。④倾城：指全城观猎的百姓。⑤看孙郎：孙权曾亲自射虎于凌亭，这里借以自指。⑥节：符节。汉时冯唐曾奉文帝之命持节复用魏尚为云中太守。这里以冯唐自比。⑦会：当。⑧天狼：古时天狼星主侵掠，这里以天狼喻西夏。

老夫聊且作一回清狂的少年，左手牵着黄犬，右臂架着苍鹰。戴着皮帽披着貂裘，亲率千骑席卷平冈而来。为了回报全城的百姓跟从我这白发太守，像当年孙权那样，亲自挽弓射杀山中猛虎。

我痛饮美酒，心胸开阔，胆气更为豪壮。鬓染微霜，又有何妨？什么时候，朝廷又像汉文帝派冯唐持节赦免魏尚一样让我从军边塞呢？我会把强弓拉得如满月一样，向着西北，射下那象征来犯之敌的天狼星。

边塞爱国

68. 满江红

〔宋〕岳 飞

怒发冲冠，凭阑处、潇潇雨歇。抬望眼、仰天长啸，壮怀激烈。三十功名尘与土，八千里路云和月。莫等闲、白了少年头，空悲切。

靖康耻，犹未雪。臣子恨，何时灭。驾长车踏破，贺兰山缺。壮志饥餐胡虏肉，笑谈渴饮匈奴血。待从头、收拾旧山河，朝天阙。

伴我朗读

①潇潇：指风疾雨骤。②靖康耻：指宋钦宗靖康二年京师和中原沦陷，徽钦二帝被掳的耻辱。④贺兰山：在今宁夏，此指金人巢穴。⑤缺：山口。⑥天阙：天子的宫阙。

我怒发冲冠，登高凭栏，潇潇的风雨刚刚停歇。抬眼远望山河，仰天长啸一声，壮怀之情在内心翻滚激荡。三十年沙场中建功立业，八千里路奔波中披星戴月。不要虚度年华，当少年已成暮年，只剩下无限悲伤。

靖康的国耻，至今犹未洗雪。臣子的怨恨，何时才能消除。誓要驾着长车踏开贺兰山口。壮志凌云饥时欲食金兵之肉，谈笑风生渴时畅饮金兵之血。待将来收复故土山河，完成使命胜利回京，朝觐我大宋天子。

69. 贺新郎·送胡邦衡待制

〔宋〕张元幹

梦绕神州路。怅秋风、连营画角，故宫离黍。底事昆仑倾砥柱。九地黄流乱注。聚万落千村狐兔。天意从来高难问，况人情、老易悲难诉！更南浦，送君去。

凉生岸柳催残暑。耿斜河、疏星淡月，断云微度。万里江山知何处？回首对床夜语。雁不到、书成谁与？目尽青天怀今古，肯儿曹、恩怨相尔汝？举大白，听《金缕》。

边塞爱国

◎ 伴我朗读

①故宫离黍：故都的宫殿长满野草。②底事：何事。③九地：遍地。④"天意"二句：用杜甫诗"天意高难问，人情老易悲"。⑤耿：明亮。⑥斜河：斜转的银河。⑦对床夜语：用韦应物诗"宁知风雨夜，复此对床眠"。⑧儿曹：小儿辈。⑨尔汝：彼此你我相称，表示亲密，叫作"尔汝交"。⑩大白：酒杯。

魂梦总是萦绕着沦陷的中原故土。秋风萧瑟，荒废的故都宫殿野草离离，连营的画角声声凄厉，怎不令人惆怅。为什么昆仑天柱、黄河砥柱忽然倒塌，滚滚黄河到处泛滥，人口密集的千万村落都变成了狐兔盘踞横行之地？皇天的旨意从来高高在上难以寻问，况且人老了悲伤难以倾诉。更怎奈分手在这南浦，送君远去。

岸柳生出凉意，催送残暑气。明亮的银河斜挂，星辰稀疏月光清淡，几片行云飘浮天边。茫茫万里江山，心念君去何方？回首昔日对床夜语彻夜倾谈。君去大雁也不到的地方，纵使写成了书信又付与谁？抬眼青天缅怀今古，哪里肯像小儿女辈，牵连于个人的恩怨？举大杯畅饮酒，听一曲《金缕》歌，让我为您壮行！

70. 鹧鸪天

〔宋〕辛弃疾

有客慨然谈功名,因追忆少年时事,戏作。

壮岁旌旗拥万夫,锦襜突骑渡江初。燕兵夜娖银胡䩮,汉箭朝飞金仆姑。

追往事,叹今吾,春风不染白髭须。却将万字平戎策,换得东家种树书。

◎ 伴我朗读

①锦襜(chān)突骑:穿锦衣的精锐骑兵。衣蔽前曰襜。②燕兵:指金兵。③娖(chuò):整理。④银胡䩮(lù):银色或镶银的箭袋。⑤金仆姑:箭名。⑥平戎策:作者写过《美芹十论》等议论恢复的奏疏。

青年时我曾率领着万名勇士抗敌,又曾带领身穿锦衣的精锐骑兵渡江南下。虽然金兵夜夜枕着箭筒,戒备森严,但是我军清晨万箭齐发,势不可挡。

追念往事,叹惜今天的我,春风不能染黑斑白的胡须。只能将平定金兵的万言谋策,换取东家种树的闲书吧。

边塞爱国

71. 破阵子·为陈同甫赋壮词以寄

〔宋〕辛弃疾

醉里挑灯看剑,梦回吹角连营。八百里分麾下炙,五十弦翻塞外声,沙场秋点兵。

马作的卢飞快,弓如霹雳弦惊。了却君王天下事,赢得生前身后名。可怜白发生!

◎ 伴我朗读

①陈同甫:陈亮(1143-1194),字同甫,辛弃疾的好友。富有才华,坚持抗金,终生未仕。为南宋豪放词派的重要词人。②麾下:指部下。麾,军旗。③炙:烤熟的肉。④的卢:一种烈性快马,传说刘备在荆州遭遇危险,骑的卢一跃三丈而脱险。

醉里把油灯拨亮抚看宝剑,梦中又回到了吹角阵阵、千军万马的军营。把唤作八百里的名牛烤熟分赏部下,将五十弦的珍琴弹奏出塞外的边声。战士们正在沙场秋天点兵!

骏马飞快不逊的卢,弓箭离弦声如霹雳。了却君王恢复中原的天下事,赢得生前身后的不朽名声。可怜两鬓斑白一事无成!

72. 水调歌头·送章德茂大卿使虏

〔宋〕陈 亮

不见南师久，漫说北群空。当场只手，毕竟还我万夫雄。自笑堂堂汉使，得似洋洋河水，依旧只流东？且复穹庐拜，会向藁街逢。

尧之都，舜之壤，禹之封。于中应有，一个半个耻臣戎。万里腥膻如许，千古英灵安在，磅礴几时通。胡运何须问，赫日自当中。

◎ 伴我朗读

①南师：南宋伐金的军队。②穹庐：游牧民族的毡帐。③藁（gǎo）街：汉时街名，在长安城南门内，为属国使节馆舍所在地。④臣：臣服。⑤戎：古泛称西部少数民族，此指金。

久不见北伐的军队，不要说我大宋没有人才。像你好样的男儿，当场只手举千钧，在金廷显示我万夫之雄的本色。自嘲作为堂堂汉族的使节，岂甘心向金国跪拜，犹如黄河依旧东流向海，岂能甘心？姑且再一次向敌人屈辱地朝拜，终有一天会将他们打败，押向京城藁街示众。

我们的祖先尧舜禹代代相传，生活在中原这片故土，其中应该有一个半个臣民不甘心做亡国奴。万里江山被金人踩躏，千古豪杰的英魂何在，我们民族的浩然正气几时才能光大贯通。金人灭亡的命运何须去问，我大宋的气数定能如日中天光芒万丈。

73. 玉楼春·戏呈林节推乡兄

〔宋〕刘克庄

年年跃马长安市,客舍似家家似寄。青钱换酒日无何,红烛呼卢宵不寐。

易挑锦妇机中字,难得玉人心下事。男儿西北有神州,莫滴水西桥畔泪!

◎ 伴我朗读

①节推:节度推官。②长安:借指南宋都城临安。③寄:客居。④呼卢:指赌博。⑤挑:挑出花纹,一种刺绣的方法。⑥锦妇:织锦的妇女。此指林妻。⑦玉人:美人。此指妓女。⑧神州:指中原广大沦陷区。

年年跃马游荡在长安市里,把外边的旅舍当家,却把家当作暂时的寄所。白日花钱买醉,纵情声色无所事事,夜里点灯不寐,驰骋赌场一争输赢。

容易知道妻子织的锦字回文的真情,难以捉摸歌妓舞女的心事。好男儿要想着收复沦陷的故土,不要只是在水西桥畔,空洒那种无聊的伤离恨别之泪。

74. 酹江月·和

〔宋〕文天祥

乾坤能大，算蛟龙、元不是池中物。风雨牢愁无着处，那更寒虫四壁。横槊题诗，登楼作赋，万事空中雪。江流如此，方来还有英杰。

堪笑一叶漂零，重来淮水，正凉风新发。镜里朱颜都变尽，只有丹心难灭。去去龙沙，江山回首，一线青如发。故人应念，杜鹃枝上残月。

◎ 伴我朗读

①能：通"恁"，这样。②牢愁：愁闷。③横槊（shuò）题诗：苏轼《赤壁赋》说曹操"酾酒临江，横槊赋诗，固一世之雄也"。槊，长矛。④登楼作赋：汉末王粲避难荆州时，曾作《登楼赋》寄托乡关之思。⑤龙沙：塞外沙漠。⑥"一线"句：用苏轼诗"青山一发是中原"。

乾坤这样浩大，想那蛟龙，原就不是小池中豢养之物。此刻满腔愁绪无处倾诉，哪更忍听四壁秋虫凄凄。也曾像曹操那样横槊赋诗，也曾像王粲那样登楼作赋，回首万事纷纷，如空中飞雪飘舞。看江水滚滚东流，想将来定会英雄豪杰涌现。

可笑我一叶飘零，正当秋风吹起，又来到秦淮河边。镜里红颜已老去，只有报国的丹心难以泯灭。北去塞外，回首故国江山，青山隐隐如一发丝。将来故人怀念我时，残月枝头上杜鹃啼血，就是我归来的魂魄。

第六章 咏物写意

75. 水龙吟·次韵章质夫杨花词

〔宋〕苏 轼

似花还似非花,也无人惜从教坠。抛家傍路,思量却是,无情有思。萦损柔肠,困酣娇眼,欲开还闭。梦随风万里,寻郎去处,又还被、莺呼起。

不恨此花飞尽,恨西园、落红难缀。晓来雨过,遗踪何在?一池萍碎。春色三分,二分尘土,一分流水。细看来,不是杨花,点点是、离人泪。

◎ 伴我朗读

①从教:任凭。②有思(sì):有意。③莺呼起:化用唐金昌绪《春怨》诗意:"打起黄莺儿,莫教枝上啼。啼时惊妾梦,不得到辽西。"④萍碎:浮萍。

似花又不似花,也无人怜惜而任教她风中零落。抛弃了家乡流离在路旁,即使不是多情也应生愁怨。想其风中飘落,萦损了柔肠千回万转,困酣的娇眼半开半闭,在半梦半醒间。梦中随风飘呀飘,走过了遥遥路程,寻找着心上人的去处。偶尔有几声莺啼,惊破了沉酣的香梦。

我不恨此花飞尽,恨只恨,西园里一片狼藉,落红难再重缀。清晨又落下细雨,飘落的花瓣更被雨打去,无法寻她的踪迹。落到水里的杨花也已化作了一池浮萍。如说春色三分,那么二分归了尘土,一分属了流水。细细看来,这不是杨花,分明是,点点的离人泪。

76. 卜算子·黄州定慧院寓居作

〔宋〕苏 轼

缺月挂疏桐,漏断人初静。谁见幽人独往来,缥缈孤鸿影。

惊起却回头,有恨无人省。拣尽寒枝不肯栖,寂寞沙洲冷。

◎ 伴我朗读

①漏断:夜深。漏,古代计时器。②幽人:幽居之人。③缥缈:隐隐约约。④省:理解。

残月挂在疏朗的梧桐枝上,漏壶的水快滴完了,声音渐悄,正夜深人静时。谁看见幽居的高人独往来?隐约见一片孤鸿的身影。

似乎被什么惊起却只回头看看,似乎有忧思而无人能理解。本性高洁,拣尽寒枝不肯栖止,又向更冷更寂寞的沙洲寻觅。

77. 鹊桥仙

〔宋〕秦 观

纤云弄巧,飞星传恨,银汉迢迢暗度。金风玉露一相逢,便胜却、人间无数。

柔情似水,佳期如梦,忍顾鹊桥归路。两情若是久长时,又岂在、朝朝暮暮。

◎ 伴我朗读

①纤云:纤薄的云彩。②金风:秋风,秋天在五行中属金。③玉露:秋露。④忍顾:怎么忍心回顾。

纤巧的彩云变幻多姿,飞逝的流星牵引起离愁。银河辽阔旷远,牛郎织女悄然渡河相会。在皎洁的月光下,秋风白露中相逢,便胜过尘世间无数的佳期约会。

柔情清似水,佳期恍如梦,怎忍看返回时的鹊桥归路。两情若是久长不变,又岂在于朝朝暮暮相守。

78. 卜算子·咏梅

〔宋〕陆　游

　　驿外断桥边，寂寞开无主。已是黄昏独自愁，更著风和雨。

　　无意苦争春，一任群芳妒。零落成泥碾作尘，只有香如故。

◎ 伴我朗读

①驿：驿站。②著（zhuó）：通"着"，遭到。

在驿站外的断桥边，梅花寂寞开着，无人照顾。已是黄昏时分，独自含着忧愁，更承受着风和雨的无情侵袭。

无意与其他花草争奇斗艳，一任群芳的嫉妒。片片零落成泥，被碾作尘土，也不改清香的本性如初。

79. 齐天乐

〔宋〕姜　夔

　　丙辰岁与张功父会饮张达可之堂，闻屋壁间蟋蟀有声，功父约予同赋，以授歌者。功父先成，辞甚美。予裴回茉莉花间，仰见秋月，顿起幽思，寻亦得此。蟋蟀，中都呼为促织，善斗。好事者或以三二十万钱致一枚，镂象齿为楼观以贮之。

　　庾郎先自吟愁赋，凄凄更闻私语。露湿铜铺，苔侵石井，都是曾听伊处。哀音似诉。正思妇无眠，起寻机杼。曲曲屏山，夜凉独自甚情绪？

　　西窗又吹暗雨，为谁频断续，相和砧杵？候馆迎秋，离宫吊月，别有伤心无数。豳诗漫与。笑篱落呼灯，世间儿女。写入琴丝，一声声更苦！

◎ 伴我朗读

①庾郎：北周作家庾信。②铜铺：铜制的铺首，门环上所饰的兽面为"铺首"。③砧杵：捣衣石和棒。④离宫：皇帝出巡所住的行宫。⑤豳（bīn）诗：指《诗经·豳风》的《七月》篇，其中有"七月在野，八月在宇，九月在户，十月蟋蟀入我床下"句。⑥漫与：率然而成。

庾郎已先自吟出了《愁赋》，又听传来蟋蟀凄凄哀鸣。露水打湿的铜铺首，青苔侵染的石井台，都是曾听到它啼鸣之处。像在低低倾诉着哀怨。正在愁思之妇难眠，起来找寻织布的机杼。看着屏风上重重的远山，夜深生寒，独自的情绪如何可言？

西窗又下起滴滴的暗雨，那蟋蟀的叫声伴和着捣衣的砧杵声，为了谁时断时续？旅舍里早感秋风的天涯游子，离宫中凭吊秋月的失意妃妾，怎不倍加伤心难过。古老的诗经《豳风》曾率意把蟋蟀写进诗篇。可笑世间儿女，只管忙着在篱笆间游戏呼唤提灯捕捉蟋蟀。哪里知善感的人把蟋蟀声谱入琴曲，一声声幽怨凄苦。

咏物写意

80. 暗 香

〔宋〕姜 夔

辛亥之冬,予载雪诣石湖。止既月,授简索句,且征新声,作此两曲。石湖把玩不已,使工妓肆习之,音节谐婉,乃名之曰《暗香》《疏影》。

旧时月色,算几番照我,梅边吹笛?唤起玉人,不管清寒与攀摘。何逊而今渐老,都忘却、春风词笔。但怪得、竹外疏花,香冷入瑶席。

江国,正寂寂。叹寄与路遥,夜雪初积。翠尊易泣,红萼无言耿相忆。长记曾携手处,千树压、西湖寒碧。又片片、吹尽也,几时见得?

◎ 伴我朗读

①肆习:学习。②玉人:美人。③何逊:南朝梁诗人,有《咏早梅》诗传世。④翠尊:碧绿酒杯。⑤红萼:即红梅。

忆旧时月色,多少次照着我在梅边吹笛?笛声唤起那玉人,不管夜晚的清寒,与我一起把梅花摘取。今我已像何逊老去,早已忘却曾吟咏过春风的诗笔。只奇怪哪里飘来的幽香,原来是竹外梅花的清冷幽香飘入筵席。

江南,正是寂寂冬夜。想要折梅寄远又叹路途漫漫,何况长夜深沉寒雪初积。对着翡翠杯中的绿酒容易掉下眼泪,红梅也默默无言陪人耿耿相忆。长忆曾经携手同游之处,千树万树的梅花低映着寒碧的西湖。而今梅花已片片吹尽凋零,不知几时还能见到?

81. 疏　影

〔宋〕姜　夔

　　苔枝缀玉，有翠禽小小，枝上同宿。客里相逢，篱角黄昏，无言自倚修竹。昭君不惯胡沙远，但暗忆、江南江北。想佩环、月夜归来，化作此花幽独。

　　犹记深宫旧事，那人正睡里，飞近蛾绿。莫似春风，不管盈盈，早与安排金屋。还教一片随波去，又却怨、玉龙哀曲。等恁时、重觅幽香，已入小窗横幅。

伴我朗读

①疏影：即前文所提之《疏影》。②"有翠禽"两句：暗用隋代赵师雄与梅仙对饮之典，事见《龙城录》。③"篱角"两句：用杜甫"天寒翠袖薄，日暮倚修竹"诗意。④"想佩环"两句：用杜甫咏昭君"画图省识春风面，环佩空归月夜魂"诗意。⑤"犹记"三句：用南朝寿阳公主梅花妆事。⑥金屋：用"汉武帝金屋贮阿娇"之典。⑦玉龙哀曲：指笛曲《梅花落》。玉龙，笛。⑧横幅：画幅。

　　苔枝上点缀着梅花如玉，一对小小的翠鸟，在枝上相偎相依。在异乡的我与梅花相逢，黄昏里篱笆边，见她无言斜倚着修竹。昭君不习惯偏远的胡地沙漠，只暗忆着江南江北故国山川。想月夜，她的魂魄归来，化作此花幽静孤独。

　　还记得那寿阳宫里的往事，公主正酣睡时，梅花飞落在她的眉上。莫像那无情的春风，不管梅花盈盈美丽任其飘零，应该早给她安排好金屋。但还是看着一片片随波流去，又传来笛曲《梅花落》的声声幽怨。等那时，再去寻觅她的幽香，只有倩影依稀，在小窗横幅的图画里。

咏物写意

82. 双双燕·咏燕

〔宋〕史达祖

过春社了,度帘幕中间,去年尘冷。差池欲住,试入旧巢相并。还相雕梁藻井,又软语、商量不定。飘然快拂花梢,翠尾分开红影。

芳径,芹泥雨润。爱贴地争飞,竞夸轻俊。红楼归晚,看足柳昏花暝。应自栖香正稳,便忘了、天涯芳信。愁损翠黛双蛾,日日画栏独凭。

◎ 伴我朗读

①春社:春分前后祭社神的日子叫春社。②度:飞过。③差(cī)池:指燕子羽毛长短不齐。④相:细看。⑤藻井:即天花板,绘有水草等图案。⑥红影:指花影。⑦芹泥:燕子所衔之泥。⑧双蛾:双眉。

春社日过后,燕子穿梭于帘幕中,旧巢已落满灰尘,有些许清冷。欲飞还住,试着进入故巢相依,还细细端详雕梁藻井,又轻言细语商量不定,时时从花梢上飘然拂过,青翠的尾羽分开红红的花影。

花间小路,雨后的春泥带着草香,轻燕爱贴地争飞,互相夸耀着轻盈俊逸。傍晚归回红楼,已看足了一天的柳绿花红。应当是睡得香甜正酣,便忘记了替人捎回天涯芳信。闺中红颜消得愁损憔悴,日日独自凭倚在画栏边遥望。

83. 绮罗香·春雨

〔宋〕史达祖

做冷欺花，将烟困柳，千里偷催春暮。尽日冥迷，愁里欲飞还住。惊粉重、蝶宿西园，喜泥润、燕归南浦。最妨它、佳约风流，钿车不到杜陵路。

沉沉江上望极，还被春潮晚急，难寻官渡。隐约遥峰，和泪谢娘眉妩。临断岸、新绿生时，是落红、带愁流处。记当日门掩梨花，剪灯深夜语。

◎ **伴我朗读**

①做冷欺花：春寒多雨，妨碍了花开。②将烟困柳：春雨迷蒙，如烟雾环绕柳树。③冥迷：春雨绵绵。④钿车：华美的车子。⑤杜陵：汉宣帝陵墓所在地。借指繁华的街道。⑥官渡：官设渡口。⑦谢娘：唐代歌妓，后泛指歌女。⑧剪灯深夜语：化用李商隐《夜雨寄北》中诗句"何当共剪西窗烛，却话巴山夜雨时"。

春雨故意弄起春寒，欺戏娇花，烟气弥漫围绕柳条，像偷偷催送着春天归去。整日雨绵绵，蝶在雨丝的轻愁里欲飞又止。宿在西园的彩蝶，沾雨惊觉身上的粉重了；归回南浦的燕儿，心喜红泥雨润易衔。最妨碍他风流的佳期约会，华丽的香车也不能载人到繁华的杜陵路了。

江上极望，阴郁沉沉，更加上晚来的春潮水势湍争，江路阻断，难以寻觅渡口。隐隐约约的远峰，像是谢娘含着泪水的妩媚。临靠断岸处，新的绿草生时，是落花带愁流去之处。还记得当日春雨催打梨花时，掩闭闺门，剪着烛灯深夜里絮絮低语。

84. 清平乐·五月十五夜玩月

〔宋〕刘克庄

风高浪快,万里骑蟾背。曾识姮娥真体态,素面原无粉黛。

身游银阙珠宫,俯看积气濛濛。醉里偶摇桂树,人间唤作凉风。

◎ 伴我朗读

①姮娥:嫦娥。②积气:聚积之气。《列子·天瑞》中讲,"天,积气耳"。

骑在月中的蟾蜍背上,我飞越万里,看碧海青天,风高浪快。曾见识过嫦娥的曼妙身姿,素面如月光皎洁,不需人间粉黛。

身游在琼妆玉缀的天宫里,向下俯瞰人间,一片云气蒙蒙。我饮着月中的桂花仙酿,醉里偶摇桂树,人间生起习习凉风。

第七章 时令节序

85. 生查子

〔宋〕欧阳修

去年元夜时,花市灯如昼。月上柳梢头,人约黄昏后。
今年元夜时,月与灯依旧。不见去年人,泪湿春衫袖。

伴我朗读

花市:此指灯市。

去年元宵夜,花市的灯光亮如白昼。月儿斜挂柳梢头,情人相约在黄昏后。

今年元宵夜,月儿与花灯一如往昔。却不见了心上的人儿,泪珠簌簌沾湿春衫袖。

时令节序

86. 水调歌头

〔宋〕苏 轼

丙辰中秋,欢饮达旦,大醉,作此篇。兼怀子由。

明月几时有?把酒问青天。不知天上宫阙,今夕是何年。我欲乘风归去,又恐琼楼玉宇,高处不胜寒。起舞弄清影,何似在人间!

转朱阁,低绮户,照无眠。不应有恨,何事长向别时圆。人有悲欢离合,月有阴晴圆缺,此事古难全。但愿人长久,千里共婵娟。

◎ 伴我朗读

①丙辰:宋神宗熙宁九年(1076年),当时苏轼在密州(今山东诸城)太守任上。②子由:苏轼的弟弟苏辙,字子由。③绮(qǐ)户:雕花的门窗。④婵娟:美好,此处代指月亮。

明月从何时诞生,我举杯向青天发问。不知道天上仙人的城阙,今夕该是何月何年?我想要乘风归向天上,又恐怕那琼玉般的楼宇,高处寒气逼人。月下起舞清影零乱,想想月宫里寒冷哪如在温暖的人间。

月光转过红色的阁楼,映入雕花的窗户,照着失眠的人。月儿不应有怨恨,为什么却总在别离时又亮又圆。人间有悲欢离合,月亮也有阴晴圆缺,此事都是自然,难以事事圆满。但愿人们彼此长久平安,共看千里月光相互思念。

87. 醉花阴

〔宋〕李清照

薄雾浓云愁永昼,瑞脑消金兽。佳节又重阳,玉枕纱橱,半夜凉初透。

东篱把酒黄昏后,有暗香盈袖。莫道不消魂,帘卷西风,人比黄花瘦。

◎ **伴我朗读**

①瑞脑:龙脑香。②金兽:兽形铜香炉。③纱橱:有纱帐的小床。

浓云薄雾不消,漫长的一天令人愁闷。金色的兽炉里龙脑香轻烟袅袅。又逢重阳佳节,卧在玉枕纱帐里,半夜凉意把人沁透。

黄昏后,我在东篱边饮酒,暗暗清香盈满衣袖。不要说相思不使人身心消损,秋风将帘儿卷起,佳人比菊花还清瘦。

时令节序

88. 永遇乐

〔宋〕李清照

　　落日熔金，暮云合璧，人在何处？染柳烟浓，吹梅笛怨，春意知几许？元宵佳节，融和天气，次第岂无风雨？来相召，香车宝马，谢他酒朋诗侣。

　　中州盛日，闺门多暇，记得偏重三五。铺翠冠儿，撚金雪柳，簇带争济楚。如今憔悴，风鬟霜鬓，怕见夜间出去。不如向，帘儿底下，听人笑语。

伴我朗读

　　①合璧：像璧玉一样合成一块。②笛怨：指笛子吹出《梅花落》曲幽怨的声音。③次第：接着，转眼。④中州：指北宋汴京。⑤铺翠冠儿：饰有翠羽的女式帽子。⑥撚金雪柳：元宵节女子头上的装饰。⑦簇带：梳妆打扮。⑧济楚：漂亮。

　　落日已融入金黄的余晖中，与暮云围合如璧玉一般。不知自己置身何处？柳树青青染着浓烟，笛子传出《梅花落》的声声幽怨，春意多么浓郁。元宵佳节，难得融和温暖的天气，转眼岂无风雨。朋友香车宝马来相招，谢他殷勤好意。

　　汴京兴盛之时，闺中多闲暇，记得偏重元宵佳节，戴上铺有翠羽的帽子，插上金线撚丝做的雪柳，打扮齐整好看；如今憔悴，风鬟霜鬓，无心收拾，怕人看见夜晚才出去。不如且向帘儿底下，听别人笑语。

89. 念奴娇·过洞庭

〔宋〕张孝祥

洞庭青草,近中秋、更无一点风色。玉鉴琼田三万顷,着我扁舟一叶。素月分辉,明河共影,表里俱澄澈。悠然心会,妙处难与君说。

应念岭表经年,孤光自照,肝胆皆冰雪。短发萧骚襟袖冷,稳泛沧浪空阔。尽挹西江,细斟北斗,万象为宾客。扣舷独啸,不知今夕何夕!

伴我朗读

①洞庭青草:湖南洞庭湖和青草湖,两湖相连。②扁(piān)舟:小船。③明河:银河。④岭表:一作"岭海",指两广之地。作者曾任静江知府(广西桂林),次年遭谗去职。⑤萧骚:萧疏。⑥挹:舀取。⑦舷:船的左右边。

已近中秋时,洞庭湖面平静,无一丝风起。湖面玉镜琼田般,一望无际,任我一叶轻舟自在飘摇。明月洒下清辉,倒映在银河水上,水天一色澄明透彻。悠然遥领着天地间的情趣,妙处只可意会难以言传。

回想我被贬谪岭外多年的岁月,孤独的月光照着我,肝胆像冰雪光洁。短发稀疏,襟袖清冷。从容泛舟在这空阔沧海中。我要用北斗作勺子,舀起西江水作酒,宇宙万象是我的宾客。敲着船舷,独自长啸,忘记了时间,尽情陶醉其中。

时令节序

90. 青玉案·元夕

〔宋〕辛弃疾

东风夜放花千树,更吹落,星如雨。宝马雕车香满路。凤箫声动,玉壶光转,一夜鱼龙舞。

蛾儿雪柳黄金缕,笑语盈盈暗香去。众里寻他千百度。蓦然回首,那人却在,灯火阑珊处。

◎ 伴我朗读

①元夕:农历正月十五日为元宵节,是夜称"元夕"或"元夜"。②花千树:花灯之多如千树开花。③星如雨:指焰火纷纷,乱落如雨。④凤箫:箫的美称。《神仙传》载萧史弄玉吹箫引凤故事。⑤玉壶:指月亮。⑥鱼龙:指鱼形龙形的灯。⑦蛾儿雪柳:妇女头上戴的饰品。⑧蓦(mò)然:突然,忽然。⑨阑珊:稀落。

夜半东风来,千万树花灯盛开。更吹落点点焰火如缤纷的星雨。华丽的马车,芬芳的人儿,香气溢满路上。凤鸣般的箫声在空中回响着,玉壶般的月中流淌出水样的月光。一夜鱼龙彩灯飞舞翩翩。

女子头戴金丝缠扎的蛾儿雪柳,轻语盈笑伴着暗香远去。千百遍在众人里寻找她的身影,忽然回首,伊人却在灯火依稀的光影间。

91. 风入松

〔宋〕吴文英

听风听雨过清明，愁草瘗花铭。楼前绿暗分携路，一丝柳，一寸柔情。料峭春寒中酒，交加晓梦啼莺。

西园日日扫林亭，依旧赏新晴。黄蜂频扑秋千索，有当时、纤手香凝。惆怅双鸳不到，幽阶一夜苔生。

伴我朗读

①草：起草。②瘗（yì）花铭：庾信有《瘗花铭》。瘗，埋葬。铭，文体的一种。③分携：分手。④料峭：形容春天的寒冷。⑤中酒：醉酒。⑥交加：形容杂乱。⑦双鸳：指女子的绣鞋，这里兼指女子本人。⑧幽阶苔生：苔生石阶，遮住了上面的足印。

在听风听雨中度过清明，不忍落花归去，忧愁地写着《瘗花铭》。楼前曾经执手分别的路上，柳树已浓密成荫。柳条丝丝，系着寸寸柔情。料峭的春寒中喝多了闷酒，晓梦又被啼莺惊醒。

西园里我日日把林亭打扫，依旧只能独自欣赏雨后的新晴。黄蜂频频扑向秋千的绳索，因为昔日留下了你的纤手香凝。惆怅这里再没有你的身影，幽寂的台阶一夜间生出绿苔青青。

第八章 羁旅送别

92. 菩萨蛮

〔唐〕韦 庄

红楼别夜堪惆怅,香灯半卷流苏帐。残月出门时,美人和泪辞。

琵琶金翠羽,弦上黄莺语。劝我早归家,绿窗人似花。

◎ 伴我朗读

①红楼:即朱门,富贵之家。②流苏:用羽毛或丝线做成的穗子。③金翠羽:用金属和翡翠鸟的羽毛做成的饰物,这是极言琵琶之精美珍贵。④黄莺语:形容音乐声婉转好听。

忆别红楼的那晚令人惆怅,芳香的烛光下半卷着流苏的锦帐。出门时残月斜挂,月光下,美人流淌着惜别的眼泪与我分别。

琵琶上金色的翠鸟羽毛,弦上黄莺悠扬婉转。劝我早些回家,绿窗边等我的那人寂寞如花。

93. 浣溪沙

〔五代〕孙光宪

蓼岸风多橘柚香，江边一望楚天长，片帆烟际闪孤光。
目送征鸿飞杳杳，思随流水去茫茫，兰红波碧忆潇湘。

◎ 伴我朗读

①蓼（liǎo）岸：开满蓼花的江岸。蓼，红蓼，秋日开花，多生水边。②楚天：古时长江中下游一带属楚国。③征鸿：远飞的大雁。④兰：即红兰，秋开红花。

红艳的蓼花开着，风儿送来橘柚的清香；伫立江边，放眼一望楚天悠长。孤帆渐渐小了，在烟波缥缈的远处还时时闪现孤光。

俯仰天地，目送远行的大雁飞过天际，思绪随悠悠不断的江水流去，追随着您，到兰红波碧的潇湘。

94. 苏幕遮·怀旧

〔宋〕范仲淹

碧云天，黄叶地，秋色连波，波上寒烟翠。山映斜阳天接水，芳草无情，更在斜阳外。

黯乡魂，追旅思，夜夜除非，好梦留人睡。明月楼高休独倚，酒入愁肠，化作相思泪。

伴我朗读

①黯乡魂：因想念故乡而悲伤。用江淹《别赋》"黯然销魂"语。黯，形容心情忧郁。②追旅思（sì）：摆脱不掉羁旅的愁绪。思，情绪。

蓝天白云，黄叶铺满大地，秋色连着江波，波上寒烟凝翠。秋山映斜阳，水天共一色。芳草萋萋，更延伸到斜阳之外。

黯然神伤的乡愁，追念不已的离思，夜夜使人忧苦，除非梦回故乡才能得以安眠。不要在明月夜独倚高楼，即使酒入愁肠，也会化为不尽的相思泪。

95. 雨霖铃

〔宋〕柳 永

寒蝉凄切,对长亭晚,骤雨初歇。都门帐饮无绪,留恋处、兰舟催发。执手相看泪眼,竟无语凝噎。念去去、千里烟波,暮霭沉沉楚天阔。

多情自古伤离别,更那堪,冷落清秋节。今宵酒醒何处?杨柳岸、晓风残月。此去经年,应是良辰好景虚设。便纵有千种风情,更与何人说?

伴我朗读

①凄切:凄凉急促。②都门:指汴京。③帐饮:设帐置酒宴送行。④凝噎:喉咙哽塞。⑤经年:年复一年。

寒蝉声阵阵凄凉急促,面对着向晚的长亭。急雨刚停,京城设帐酒宴送行,无情无绪。正留恋处,木兰舟已催着出发。执手相看,泪眼模糊,竟哽咽到说不出话。想到离去的行程,千里烟波,暮色沉沉,楚天辽阔旷远。

多情自古容易伤心离别,更何况,又是冷落清秋时节。今宵君酒醒在何处呢?我想会是在杨柳岸边,那里残月清淡,晓风清寒。此去以后的岁月,良辰好景应是形同虚设,即使有千种风情,除却君更有何人可以说呢?

羁旅送别

96. 八声甘州

〔宋〕柳　永

对潇潇暮雨洒江天，一番洗清秋。渐霜风凄紧，关河冷落，残照当楼。是处红衰翠减，苒苒物华休。惟有长江水，无语东流。

不忍登高临远，望故乡渺邈，归思难收。叹年来踪迹，何事苦淹留？想佳人、妆楼颙望，误几回、天际识归舟。争知我，倚阑干处，正恁凝愁。

◎ 伴我朗读

①潇潇：形容雨声急骤。②是处：到处，处处。③红衰翠减：红花绿叶，凋残零落。④苒苒：茂盛的样子。一说，同"冉冉"，犹言"渐渐"。⑤物华：美好的景物。⑥渺邈：遥远。⑦颙（yóng）望：凝望。一作"长望"。⑧恁：如此，这般。

潇潇暮雨洒于眼前这一片江天，好一番清秋光景如洗。霜风吹得越来越急，山河大地日渐冷落萧瑟。凭高远望，残阳余晖照着远处的高楼。到处红花衰歇翠叶凋落，渐渐风物繁华都消歇了。只有长江水，无语东流不知疲倦。

不忍登高临远，望故乡遥遥，归思生起难以排解。自叹年来漂泊，为何苦苦淹留而不能归去。想到佳人，在妆楼上多少次凝望，多少次失望，错把天际归舟当作我回来的船只。哪知我，倚着栏杆，此时心里正凝结着如许的忧愁。

97. 卜算子·送鲍浩然之浙东

〔宋〕王　观

水是眼波横,山是眉峰聚。欲问行人去那边,眉眼盈盈处。

才始送春归,又送君归去。若到江南赶上春,千万和春住。

◎ 伴我朗读

①眼波横:形容眼神闪动,状如水波横流。②眉峰聚:形容双眉蹙皱,状如二峰并峙。③眉眼盈盈处:喻指山水秀丽的地方。盈盈,美好的样子。

水是温柔的眼波横,山是忧愁的眉峰聚。要问行人去哪里,去到温柔含情的眉眼盈盈处。

才刚刚送春归去,今天又送君离去。若到江南赶上未走远的春天,千万要珍惜,要留住多情的春天。

羁旅送别

98. 踏莎行

〔宋〕秦 观

雾失楼台,月迷津渡,桃源望断无寻处。可堪孤馆闭春寒,杜鹃声里斜阳暮。

驿寄梅花,鱼传尺素,砌成此恨无重数。郴江幸自绕郴山,为谁流下潇湘去?

◎ 伴我朗读

①津渡:渡口。②桃源:在今湖南常德。③驿寄梅花:用陆凯寄赠梅花事。陆凯《赠范晔》:"折梅逢驿使,寄与陇头人。江南无所有,聊赠一枝春。"④鱼传尺素:古乐府有诗,"客从远方来,遗我双鲤鱼。呼儿烹鲤鱼,中有尺素书"。尺素,指书信。⑤郴(chēn):郴州,今湖南郴县。⑥幸自:本身。⑦潇湘:潇水湘水,是湖南二水名。

雾气弥漫,不见了楼台,月色朦胧,隐没了津渡。望尽天涯,再难寻觅桃源。怎能忍受在孤独的客馆里,春寒料峭,听声声杜鹃悲啼,看脉脉夕阳迟暮。

远方驿路寄来的梅花,捎来书信,更增添了我重重离愁思念。郴江本来是绕着郴山,可又为谁情愿远离此地流往潇湘呢?

99. 苏幕遮

〔宋〕周邦彦

燎沉香,消溽暑。鸟雀呼晴,侵晓窥檐语。叶上初阳干宿雨,水面清圆,一一风荷举。

故乡遥,何日去?家住吴门,久作长安旅。五月渔郎相忆否?小楫轻舟,梦入芙蓉浦。

◎ **伴我朗读**

①燎:烧。②溽(rù):潮湿。③侵晓:破晓。④宿雨:昨夜的雨。⑤吴门:苏州。此指作者故乡钱塘。⑥长安:此指北宋都城汴京。⑦楫:划船。⑧浦:水边。

炉中燃起沉香,消解着夏日的湿闷。一早,鸟雀就在屋檐边探头探脑,叽叽喳喳,欢呼天晴了。叶上映着清晨的阳光,早已消失了昨日雨的踪迹。水面上清圆的,是风中荷花,迎着骄阳,一枝枝摇曳着楚楚的风姿。

故乡遥遥,何日可到?我家住江南吴门,却久在都城作客。烟花五月,渔郎是否把我这昔日的伙伴,早已遗忘?我梦里都想摇起轻桨,划入水中荷花盛开之处。

100. 蝶恋花

〔宋〕周邦彦

月皎惊乌栖不定。更漏将残，辘轳牵金井。唤起两眸清炯炯。泪花落枕红绵冷。

执手霜风吹鬓影，去意徊徨，别语愁难听。楼上阑干横斗柄，露寒人远鸡相应。

◎ 伴我朗读

阑干：横斜貌。

月光明亮惊起栖乌，枝上叽喳不定。夜深人静，更漏快要滴完。传来辘轳牵动井绳的声响。从梦中惊醒双眸炯亮，不觉泪水涟涟，红绵枕已冰冷。

执手相看霜风吹散鬓影，别绪让人彷徨神伤，别语离愁更不忍倾听。伫立远望，楼上的北斗星横斜，露水寒冷，人已远去，晨鸡啼鸣远近相应。

101. 唐多令·惜别

〔宋〕吴文英

何处合成愁？离人心上秋。纵芭蕉、不雨也飕飕。都道晚凉天气好，有明月、怕登楼。

年事梦中休，花空烟水流。燕辞归，客尚淹留。垂柳不萦裙带住，谩长是、系行舟。

◎ 伴我朗读

①心上秋：合起来成一"愁"字。②飕飕：风雨声。③年事：往事。④燕辞归：曹丕《燕歌行》"群燕辞归雁南翔"。⑤客：作者自称。⑥淹留：停留。

哪里合成一个愁字，正是离人的心加上一个秋。即使没有雨，芭蕉叶在秋风中也飕飕。都说晚凉天气好，可明月清风夜，我也怕登楼，怕勾起回忆。

往事如梦无踪影，春花已空，烟波长流。燕子也飞归南方，而我这游子还滞留他乡。垂柳为什么不把她的裙带挽住，却是长系住我的归舟不放。

102. 一剪梅·舟过吴江

〔宋〕蒋 捷

一片春愁待酒浇。江上舟摇,楼上帘招。秋娘渡与泰娘桥,风又飘飘,雨又萧萧。

何日归家洗客袍?银字笙调,心字香烧。流光容易把人抛,红了樱桃,绿了芭蕉。

◎ 伴我朗读

①吴江:今江苏吴江。②帘招:酒旗招展。③秋娘渡与泰娘桥:都是吴江地名。④银字笙:镶有"银"字标音的笙。⑤心字香:篆文"心"字形状的香。

本来一片春愁,要待酒来浇,江上轻舟摇摇晃晃,酒楼上的酒帘,仿佛把行人招摇呼唤。过了秋娘渡与泰娘桥,风儿飘飘,雨儿萧萧,吹衣拂面,一路多情相伴。

何日才能回到家中,洗去客袍上的风尘。把银字的笙儿调弄,把心形的篆香燃起。时光总是回黄转绿,流动不居,容易把人抛却,此刻你看她又把樱桃染红,把芭蕉吹绿。

第九章 怀古咏史

103. 忆秦娥

〔唐〕李 白

箫声咽,秦娥梦断秦楼月。秦楼月,年年柳色,灞陵伤别。

乐游原上清秋节,咸阳古道音尘绝。音尘绝,西风残照,汉家陵阙。

◎ 伴我朗读

①咽:呜咽,形容声音悲凉。②秦娥:秦地女子。传说秦穆公女弄玉善吹箫,嫁与箫史,后二人吹箫引来凤凰,遂成仙骑凤而去。弄玉、箫史引凤之楼即秦楼。③灞陵:指汉文帝刘恒的陵墓,在长安东,附近有灞陵桥,桥边多柳,古人送别常于此折柳相赠。④乐游原:在长安南面。地势高,登临可览全城,为游览胜地。⑤音尘:音信。⑥陵阙:皇帝的陵墓和宫殿。

箫声凄咽,月色惨淡,秦楼中的秦娥梦中醒来,空叹繁华短暂。秦楼月,年年柳色留人不得,年年灞陵伤别不断。

乐游原上清秋时节,京城古道上,车水马龙的繁华已经消歇。繁华消歇,只有西风落日,空照着昔日汉家宫殿。

怀古咏史

104.念奴娇·赤壁怀古

〔宋〕苏 轼

大江东去,浪淘尽、千古风流人物。故垒西边,人道是、三国周郎赤壁。乱石穿空,惊涛拍岸,卷起千堆雪。江山如画,一时多少豪杰!

遥想公瑾当年,小乔初嫁了,雄姿英发。羽扇纶巾,谈笑间、樯橹灰飞烟灭。故国神游,多情应笑我,早生华发。人间如梦,一樽还酹江月。

◎ 伴我朗读

①故垒:旧时的营垒。②周郎:即周瑜,为吴大都督时仅24岁。③羽扇纶(guān)巾:羽毛做的扇子和丝带做的头巾,此处指身穿便服。④樯橹:代指船。⑤酹:将酒洒在地上祭祀。

滚滚长江东去,大浪淘沙,淘尽了千古以来多少豪杰人物。人们说,旧战垒的西边,就是当年周瑜赤壁之战的地方。陡峭的石壁插入高空,惊天的波涛拍打着堤岸,卷起千堆雪浪。江山如画,一时间涌现多少英豪。

遥想当年周郎,绝代佳人小乔初嫁,他玉树临风,英姿勃发,纶巾便服,手摇羽扇,谈笑间,就使曹操的战船灰飞烟灭。古战场边作一番神游,作一番遐想,应笑我多情易感,早早已满头白发。人间万事如梦,洒一杯酒祭奠在月明江上。

105. 桂枝香·金陵怀古

〔宋〕王安石

登临送目，正故国晚秋，天气初肃。千里澄江似练，翠峰如簇。征帆去棹斜阳里，背西风、酒旗斜矗。彩舟云淡，星河鹭起，画图难足。

念往昔、繁华竞逐，叹门外楼头，悲恨相续。千古凭高，对此漫嗟荣辱。六朝旧事如流水，但寒烟、衰草凝绿。至今商女，时时犹唱，《后庭》遗曲。

◎ 伴我朗读

①故国：旧都城，指金陵。②肃：肃爽。③练：白色熟绢。④簇：丛聚。⑤星河：银河。⑥门外楼头：指陈为隋灭。语出杜牧《台城曲》诗，"门外韩擒虎，楼头张丽华"。⑦漫嗟：空叹。⑧《后庭》遗曲：陈后主所作《玉树后庭花》，后人称此为亡国之音。

登高临远，极目望去，好一派故国晚秋风光，天气开始变得肃清。千里澄江像闪亮的白练，苍翠的山峰如有意相聚。点点归帆在残阳里划向远方，酒帘随西风而倾斜。彩舟行远了如漂在云天，白鹭飞起，眼前的秋水如天上的星河一般，即使画图也难以描画。

回忆起往昔，这里曾是六朝繁华之地，叹门外楼头多少历史故事。人事沧桑，悲恨相续不断。自古以来有多少人凭高，对此江山空叹咀嚼荣辱祸福的变化。六朝旧事如流水一逝不回，只有寒烟笼着衰草，凝结着郁郁翠绿。歌女不知亡国之恨，至今仍时时唱着《玉树后庭花》这靡靡的亡国之音。

106. 扬州慢

〔宋〕姜　夔

　　淳熙丙申至日，予过维扬。夜雪初霁，荠麦弥望。入其城，则四顾萧条，寒水自碧，暮色渐起，戍角悲吟。予怀怆然，感慨今昔，因自度此曲，千岩老人以为有黍离之悲也。

　　淮左名都，竹西佳处，解鞍少驻初程。过春风十里，尽荠麦青青。自胡马窥江去后，废池乔木，犹厌言兵。渐黄昏，清角吹寒，都在空城。

　　杜郎俊赏，算而今、重到须惊。纵豆蔻词工，青楼梦好，难赋深情。二十四桥仍在，波心荡、冷月无声。念桥边红药，年年知为谁生。

◎ **伴我朗读**

①淳熙丙申：孝宗淳熙三年（1176年）。②荠（jì）麦：野生的麦子。③千岩老人：南宋诗人萧德藻之号，姜夔曾向他学诗，又是其侄女婿。④黍离之悲：指对故国的怀念。⑤竹西：即竹西亭，在扬州城东。⑥春风十里：用杜牧《赠别》诗"春风十里扬州路"。⑦杜郎：唐诗人杜牧。⑧豆蔻词工：用杜牧《赠别》诗，"娉娉袅袅十三余，豆蔻梢头二月初"。⑨青楼梦好：用杜牧《遣怀》诗，"十年一觉扬州梦，赢得青楼薄倖名"。⑩二十四桥：扬州桥名。用杜牧诗，"二十四桥明月夜，玉人何处教吹箫"。

淮东的名城扬州，这里有竹西亭名迹。在初始的旅程中，我解鞍驻马暂停。经过当年繁华的春风十里扬州路，如今一片荒凉，到处是野麦青青。自从金兵渡江南侵，废毁的城池和丛生的树木，提起战乱还痛心厌倦。渐近黄昏，凄清的号角吹起寒意，回荡在空城。

曾游冶俊赏扬州风流的杜牧，如果重到，定会心惊。即使写出过美妙的豆蔻诗句，赢得青楼薄幸名，也难以再对景赋出深情的好句。著名的二十四桥仍在，波心空荡着，一轮冷月清寂无声。想那桥边的红芍药，年年知为谁花开亭亭。

107. 点绛唇

〔宋〕姜　夔

丁未冬过吴松作

燕雁无心,太湖西畔随云去。数峰清苦。商略黄昏雨。

第四桥边,拟共天随住。今何许?凭栏怀古。残柳参差舞。

◎ **伴我朗读**

①丁未:孝宗淳熙十四年(1187年)。②吴松:今江苏吴江。③燕(yān)雁:北方的大雁。④商略:商量,酝酿。⑤第四桥:吴江城外的甘泉桥。⑥天随住:晚唐诗人陆龟蒙号天随子,他辞官后,隐居在吴江的甫里镇,常泛舟太湖。白石曾赋诗:"三生定是陆天随,又向吴松作客归。"

(冬天)北来的大雁飞到太湖西畔,又无心地随云远远飞去。湖上几座山峰清寂幽苦,仿佛正酝酿着一场黄昏的雨。

第四桥边,我愿与心慕的陆天随,相伴隐居于此。如今是何时何世?依着栏杆,望远怀古,只见残柳参差飘舞,在风里,在暮色苍茫中。

108. 永遇乐·京口北固亭怀古

〔宋〕辛弃疾

千古江山,英雄无觅,孙仲谋处。舞榭歌台,风流总被、雨打风吹去。斜阳草树,寻常巷陌,人道寄奴曾住。想当年,金戈铁马,气吞万里如虎。

元嘉草草,封狼居胥,赢得仓皇北顾。四十三年,望中犹记,烽火扬州路。可堪回首,佛狸祠下,一片神鸦社鼓。凭谁问:廉颇老矣,尚能饭否?

◎ 伴我朗读

①寄奴:南朝宋武帝刘裕小字。他生长在京口,在东晋末出兵北伐,灭南燕、后燕、后秦。②元嘉草草:指刘裕的儿子宋文帝刘义隆北伐的事。元嘉,刘义隆年号。③封:古代在山上筑坛祭天的仪式。④四十三年:辛弃疾在1162年南归,到作者写此词时已四十三年。⑤佛(bì)狸:北魏太武帝拓跋焘的小名。

千古江山,无处找到孙权这样的英雄。往昔的歌舞楼台,风流往事,总被雨打风吹去了。斜阳草树,寻常巷陌人家,人说刘裕曾在这居住。想当年,铁马金戈,挥师北伐,气吞万里如猛虎。

元嘉时刘义隆草草出师北伐,妄想封狼居胥山大胜而归,却大败而逃狼狈不堪。于今四十三年了,回望中犹记得从扬州南归的一路情景。怎堪回首?佛狸祠里,神鸦啄食祭品,祭祀的鼓声不断,倒是一片升平热闹景象。有谁问,廉颇已老,还能否披挂上阵击退敌人?

怀古咏史

109. 南乡子·登京口北固亭有怀

〔宋〕辛弃疾

何处望神州？满眼风光北固楼。千古兴亡多少事？悠悠，不尽长江滚滚流！

年少万兜鍪，坐断东南战未休。天下英雄谁敌手？曹刘，生子当如孙仲谋。

◎ 伴我朗读

①"不尽"句：用杜甫《登高》诗，"无边落木萧萧下，不尽长江滚滚来"。②年少万兜鍪（dōu móu）：指孙权19岁就统帅东吴军队。兜鍪，原指头盔，代士兵。③坐断：占住。④曹刘：曹操和刘备。⑤"生子"句：《三国志.孙权传》引《吴历》："公（曹操）见舟船、器仗、军伍整肃，喟然叹曰：'生子当如孙仲谋，刘景升儿子（刘琮）若豚犬耳。'"仲谋，孙权字。

何处眺望沦陷的故国神州，在这北固楼上，风光满眼又令人神伤。千古以来经历了多少兴亡的故事，天地悠悠，长江之水滚滚东流不尽。

想孙权年轻时，占据着东南形胜之地，征战不休。天下英雄谁称得上是他的对手？只有曹操与刘备。如果生儿子，当如孙权一样强才好。

110. 八声甘州·陪庾幕诸公游灵岩

〔宋〕吴文英

渺空烟、四远是何年，青天坠长星？幻苍崖云树，名娃金屋，残霸宫城。箭径酸风射眼，腻水染花腥。时靸双鸳响，廊叶秋声。

宫里吴王沉醉，倩五湖倦客，独钓醒醒。问苍波无语，华发奈山青。水涵空、阑干高处，送乱鸦、斜日落渔汀。连呼酒，上琴台去，秋与云平。

◎ 伴我朗读

①庾幕诸公：指提举常平仓司的幕僚。②名娃金屋：指西施曾住的馆娃宫。③残霸：吴王夫差。④箭径：在灵岩山前。⑤靸（sǎ）：拖鞋。此作动词。⑥廊：指响屧廊。⑦五湖倦客：指范蠡。⑧琴台：在灵岩山上。

极目四望，云烟浮空渺渺茫茫。是何年何月，青天坠下长星。幻化出苍苍山崖蓬蓬云树，绝代娇娃西施居住的华屋，霸业未竟的吴王的宫殿。采香径上酸风射人双眼，漂着美女脂粉的流水把花朵染腥。当年的美人穿着双鸳形的木屐走过回廊，如今还在回响，伴着飒飒秋声。

宫里的吴王沉醉西施，只有范蠡放舟五湖，独自垂钓，冷眼醒醒。问苍天谁主沉浮，苍天默然不应。笑我多情，无奈白发苍苍对碧山青青。江水涵着秋空，栏杆高处，目送那乱鸦千万点，在斜阳下，悠闲落在水边沙汀。连声呼唤快拿酒来，登到山顶的琴台上，放眼看秋色与云齐平。

附录

朗读资料卡

1. 菩萨蛮

李白（701—762）：字太白，号青莲居士。祖籍陇西成纪（今甘肃秦安东），隋末其先人流寓西域，白出生于安西大都护府碎叶城，五岁随父迁居绵州昌隆（今江油）青莲乡。天宝初供奉翰林。有《李太白集》，《尊前集》录其词12首。

7. 谒金门

冯延巳（903—960）：名或作延嗣。五代时广陵人，字正中，卒谥忠肃。仕南唐。工诗，尤以词名。元宗尝戏延巳曰："吹皱一池春水，何干卿事？"延巳对曰："安得如陛下'小楼吹彻玉笛寒'，特高妙也。"元宗悦。著有《阳春集》。

9. 清平乐

李煜（937—978）：南唐后主，中主李璟第六子。在位十五年。国亡后被俘至汴京，封违命侯。后被宋太宗鸩杀。煜为人仁孝，颇有慧性，善属文，工书画，能音乐，尤以词名。其词前期多写宫廷生活，风格绮靡；后期因遭亡国之痛，多故国之思，风格为之一变。

10. 蝶恋花

柳永(约984—约1053):字耆卿,因排行第七,又称柳七,崇安(今福建武夷山)人。北宋著名词人,婉约派代表。对北宋慢词的兴盛和发展起到重要作用。有《乐章集》传世,代表作有《雨霖铃》《八声甘州》等。

14. 鹧鸪天

晏几道(1040—1112):字叔原,号小山,抚州临川人。黄庭坚说他有"四痴":一是不依傍权贵;二是文章"不肯一作新进士语";三是不会理家,"费资千百万,家人寒饥";四是"人百负之而不恨,己信人,终不疑其欺己"。著有《小山词》。

18. 卜算子

李之仪(1038—1117):字端叔,晚号姑溪居士、姑溪老农。沧州无棣(今属山东)人,苏轼知定州时他做过幕僚。有《姑溪居士文集》《姑溪词》。

19. 玉楼春

周邦彦(1056—1121):字美成,号清真居士,北宋著名词人。精通音律,曾创作不少新词调。作品多写闺情、羁旅、咏物等,是婉约派的集大成者。

27. 钗头凤

陆游（1125—1210）：字务观，号放翁，越州山阴（今浙江绍兴）人。为杰出诗人，诗存九千余首。亦工词，杨慎谓其纤丽处似秦观，雄慨处似苏轼。著有《剑南诗稿》《渭南文集》《南唐书》《老学庵笔记》《放翁词》。

30. 摊破浣溪沙

李璟（916—961）：南唐中主。初名景通，字伯玉，徐州（今属江苏）人。在位十九年卒。多才艺，好文学，善诗词。词存四首，意境较高，风格凄怨深远。后人将他和李煜的词作合为《南唐二主词》。

39. 卜算子

严蕊（生卒年不详）：宋人，字幼芳。善琴弈、歌舞、丝竹、书画，又间作诗词，色艺名闻四方。与朱熹、唐与正同时。

45. 天仙子

张先（990—1078）：字子野，乌程（今浙江湖州）人。晏殊知永兴军，辟为通判。曾以词中巧用三"影"字，人称"张三影"。喜作慢词，对词的形式发展起过一定的作用。著有《张子野词》。

49. 清平乐

　　黄庭坚（1045—1105）：字鲁直，号山谷道人、涪翁。分宁（今江西修水）人。苏门四学士之一，江西诗派宗主。词和秦观并称，号秦七、黄九。

51. 临江仙

　　陈与义（1090—1139）：字去非，自号简斋，洛阳（今属河南）人。南渡后，诗词均有感喟国事之作。江西诗派代表之一。著有《简斋集》《无住词》。

56. 霜天晓角

　　蒋捷（生卒年不详）：字胜欲，宋常州宜兴人。宋亡隐居不仕。平生著述以义理、小学为主，尤工词。家居竹山，学者称"竹山先生"。刘熙载说其词"洗练缜密，语多创获"。词风或自由奔放，或清虚旷荡，或倩妍秀逸。著有《竹山词》。

58. 渔歌子

　　张志和（约730—约810）：初名龟龄，字子同，自号烟波钓徒，又号玄真子，婺州金华（今属浙江）人。擅长音乐、书画，词存《渔父》五首，描写隐逸生活，景物明丽生动，为早期文人词中较著名的作品。著有《玄真子》。

59. 忆江南二首

　　白居易（772—846）：字乐天，晚号香山居士，又号醉吟先生。祖籍太原，徙居下邽（今陕西渭南东北）。白居易是早期文人词中写得较好的一位，影响较大。著有《白氏长庆集》。

62. 好事近·渔父词

　朱敦儒（1081—1159）：字希真，号岩壑，宋洛阳人，世称洛川先生。初以布衣负重望，屡辞征召。高宗绍兴二年，应召为迪功郎，赐进士出身。历秘书省正字、浙东提刑。因与主战派李光来往，被罢官，寓居嘉禾。善画山水，工诗词及乐府。有诗集《樵歌》。

68. 满江红

　　岳飞（1103—1141）：字鹏举，相州汤阴（今属河南）人。抗金名将。因不附和议，被秦桧害死。孝宗时复官，谥武穆，宁宗追封鄂王，理宗改谥忠武。著有《岳武穆集》，词存三首。

69. 贺新郎·送胡邦衡待制

　　张元幹（1091—1170）：字仲宗，自号芦川居士、真隐山人。永福（今福建永泰）人。早年词风婉媚，南渡后，多写时事，感怀国事，词风豪放，为辛派词人之先驱。著有《芦川归来集》《芦川词》。

72. 水调歌头

陈亮（1143—1194）：字同甫，号龙川，婺州永康（今属浙江）人。文章气势纵横，笔锋犀利。词作感情激越，风格豪放，多议论，与辛弃疾相唱和。著有《龙川文集》《龙川词》。

73. 玉楼春·戏呈林节推乡兄

刘克庄（1187—1269）：字潜夫，号后村居士，莆田（今属福建）人。官至工部尚书兼侍读。任建阳令时，曾因咏落梅诗遭谗病废十载。诗词多感慨时事之作，渴望收复中原，振兴国力。著有《后村先生大全集》《后村别调》。

89. 念奴娇·过洞庭

张孝祥（1132—1169）：字安国，号于湖居士，历阳乌江（今安徽和县乌江镇）人。善诗文，工词，词风豪放。颇有感怀时事之作，清旷飘逸处，酷似东坡。著有《于湖居士文集》《于湖词》。